GALAXY'S
EDGE

THE
MESSAGES
TRAVEL
IN
TIME

银河
边缘

GALAXY'S
EDGE

011

时
空
弹
幕

主
编

——
杨
枫

新星出版社 · NEW STAR PRESS

银河边缘
-011-
时空弹幕

主　　编：杨　枫
总 策 划：半　夏
执行主编：戴浩然
版权经理：姚　雪
海外推广：范轶伦
文学编辑：余曦赟
　　　　　单卉瑶　康丽津
　　　　　田兴海　李晨旭
　　　　　大　步　刘维佳
责任编辑：施　然
监　　制：黄　艳
美术设计：冷暖儿
　　　　　张广学
封图绘制：
　　　　　[瑞典]
　　　　　基连·恩

Contents

THE MESSAGES TRAVEL IN TIME

/ by Cha Shan.. 1

UPRIGHT, UNLOCKED

/ by Tom Gerencer.. 45

THE DEATH OF CINEMA

/ by Xin C. J.   Hu Xiaoxi.............................. 65

DIG / by Tina Gower 75

THE PRO / by Edmond Hamilton 89

THE NONOBSERVER/ by Li Peng 111

TO SEE THE INVISIBLE MAN

/ by Robert Silverberg................................. 149

GOD, SEEN FROM THE INSIDE

/ by Jean-Claude Dunyach 169

THE VANISHING NÉVÉ

/ by Guo Kexin... 197

目 录

时空弹幕／查杉 1

解　锁 45

[美] 汤姆·格兰瑟 著　孙梦天 译

电影之死／辛成江　胡晓曦 65

掘金者 75

[美] 蒂娜·高尔 著　肖承捷 译

个中老手 89

[美] 埃德蒙·汉密尔顿 著　由美 译

非观察者／李鹏 111

看见隐形人 149

[美] 罗伯特·西尔弗伯格 著　谢宏超 译

上帝的云团 169

[法] 让－克洛德·迪尼亚什 著　熊月剑 译

冰原将尽／郭可心 197

THE MESSAGES TRAVEL IN TIME
by

Cha Shan

▽

时空弹幕

查 杉

查杉，科幻小说作者、科幻导演。1982年出生于黑龙江省绥芬河市，本科及硕士均毕业于清华大学机械工程系。从2018年起陆续创作了《信封计划》《地下室富翁》《这里是火星》《曙光之前》等科幻小说作品，其中，《地下室富翁》曾被翻译发表于海外科幻期刊。导演的科幻短片《地下室富翁》《家在时光深处》曾获得国内多个电影节奖项。

本文为《银河边缘》中文版专发篇目。

零

高达十五层的"水晶公主号"邮轮航行在珀斯[1]以西的公海上,夕阳的最后一道影子在邮轮身前的西方天际线缓缓沉入水底,南天的星座在纯净的深蓝色夜空中逐渐显现出它们的形状。

八月底正值南半球冬末春初时分,虽然所处的纬度不高,但海面上仍弥漫着些许凉意。

不过,现在邮轮上的喧闹足以驱散一切寒冷的气氛,身着盛装的宾客云集在上层甲板,一张巨型的银幕竖立在露天泳池前,似乎今晚要在这里举办一场盛大的电影首映礼。红酒和鲜花环绕着银幕,几名澳大利亚原住民少女在花丛中伴着乐声翩翩起舞,一个美好的印度洋之夜即将到来。

甲板上微风习习,轻轻吹动着身着晚礼服的女士们精心做了造型的头发。然而郑前所在的位置风却有点大,大到能将他额头上沁出的汗珠都吹跑。这倒正好让他不至于被汗迷住双

---

1. 澳大利亚第四大城市。

眼，可以将甲板上的一切看个清楚，特别是那张银幕，以及银幕对面一片红绸覆盖下的那台老式电影放映机。

随着时代的变迁，邮轮上高耸的烟囱早已不再承担吞云吐雾的功能，而是成了象征奢华的巨型装饰品。"水晶公主号"的烟囱傲然挺立在甲板上，高达数十米的斜坡造型和船身完美地融合在一起，漆面洁白无瑕，让烟囱的前斜面光滑如镜，宛若在天穹和碧海之间搭起的一架巨型滑梯。

目前看来，郑前有可能会不得不成为这架巨型滑梯的首个使用者。他孤零零地坐在这架巨型滑梯的顶端，双手虽然在本能地颤抖，但仍然死死地扣着身后瞭望舱的门框。瞭望舱通往楼梯的舱门被反锁上了，而海上的风浪声也让他打消了通过叫喊来吸引远处宾客注意的念头。如果想要离开这个风光绝佳的鬼地方，眼前这架滑梯就是唯一的路径。

这条路可能滑起来挺刺激的，就是摔死的概率大了一点儿……郑前几次打算松开双手，一咬牙一闭眼就下去算了，但最终还是怂了。

夜色渐渐深了，海风的温度越来越低，直把郑前吹得手脚冰凉，这让他不由得有点儿怀念起不久前北半球那座土味小城的燥热夏日来。

一

北方的夏天同样让人难熬,特别是在城乡接合部这条熙熙攘攘的主干道上。太阳似乎一早就来到了头顶,来往车辆搅起的尘土也被强光注入了活力,带着它炙热而呛人的气味在郑前的鼻腔里使劲儿打转。

"这什么破衣服啊,这么厚还不挡灰。"郑前嘟哝着,奋力从头上摘下笨重的功夫熊猫头套,打了两个喷嚏,然后用毛茸茸的熊猫掌揉了揉鼻子,甩了甩已经被汗浸湿的头发,赶紧又将头套戴了回去,卖力地继续吆喝起来:

"时光影城开业大酬宾了!除了热映的院线大片,还有可以点播的私家影院!从怀旧经典到时代前沿,我们这儿是应有尽有,完全覆盖!现在还有会员充值满一百送五十的活动,走过路过的朋友们了解一下哈!"

郑前扯着脖子喊了一个多小时,眼看上午场电影放映的时间都要过去了,别说没人办卡,连电影票都没卖出去一张。

"叔叔,咱们这儿有孙悟空的电影吗?"正当郑前垂头丧气的时候,突然来了一个还流着鼻涕的小男孩,眼神中似乎带着些许期待。

"当然有了！咱们影城最大的特点就是会员可以点播电影，想看什么叔叔都给你找！等着！"郑前声音中透着兴奋，一边向小男孩推销，一边手忙脚乱地将功夫熊猫的衣服脱下来扔到一边——里面竟然还穿着一套孙悟空的行头，虽然被汗湿透了，但金丝甲和虎皮裙依然闪烁着耀眼的光芒，专业性非常有保障。

郑前转身摸出了一根不知道之前藏在哪里的金箍棒，卖力地挥舞了起来。一套棍法使得上下翻飞，煞是精彩，小男孩看得目不转睛。

但小男孩的妈妈冷不丁不知道从哪里钻了出来，拉着小男孩就要走。郑前有点儿急了，顺手伸出金箍棒想要拦下这对母子，要是这般卖力的表演还没换到一张会员卡，那今天真是白折腾了。

没想到这位身材敦实的母亲丝毫没有对艺术的敬畏之心，抬手一推一送，招式轻描淡写却仿佛蕴含着浑厚内力。只一个回合，郑前的金箍棒立时脱手，飞出去滚在了马路中间，转瞬间被一辆汽车碾过，泡沫塑料做的定海神针眼看着就断成了两截。

母子二人惩治了妄想拦路强买强卖的"不法分子"，意气风发地扬长而去。

郑前再没了刚才的昂扬斗志，颓然地坐在了马路牙子上，看来今天的推广活动只好到此为止了。

阳光渐渐被乌云遮蔽,身后"时光影城"几个大字反射的光芒也黯淡了下来,一如郑前的人生理想。

郑前不由得心生感慨,自己一个正经名牌大学材料学院毕业的高才生,要不是因为误入了文艺青年这条歧途,幻想着把梦想和现实有机地结合成整体,有品位地把钱给赚了,导致后来猪油蒙心一时冲动盘下了这家影院,怎么也不至于沦落到今天这般地步。

这家影院是郑前的老乡,据说在社会上路子野、吃得开的大宽给介绍的。之前的老板号称是大宽的多年好友,重度电影爱好者,跟郑前见面的时候谈起电影院,说着说着居然一把鼻涕一把泪,感觉是要把自己一生的挚爱给托付出来,而且他把上座率吹得天花乱坠,哽咽着说要不是现在家庭遭遇变故,肯定不舍得出手。

郑前看着影院里那台现在已经难得一见的胶片放映机和堆满了库房的经典拷贝,加上大量的电影海报易拉宝和玩偶周边,他那文艺青年的中二热血顿时沸腾,一时冲昏了头脑,掏出全部的积蓄接手了这家影院,打算就让文艺梦想带着自己走向诗和远方。

可是现实比想象要残酷得多,每天的收入刨去电费,还不够订个外卖的,实在愧对父母给自己起的"郑前"(挣钱)这个响亮名头。

眼看着几张信用卡已经刷爆,郑前觉得自己的文艺道路也基本上要走到尽头了。

突然一阵风带着沙子扑面而来,郑前的眼睛跟真正的孙猴子一样被迷得通红。好不容易揉开了眼,定睛一看,一辆豪华大奔停在了自己身前,正是大宽的车。

郑前好像见到了救星,连忙扑了上去。

大宽示意郑前赶紧上车,一起去一家小饭馆喝酒。

"宽哥,你说咱这影院明明这么有格调,咋上座率就不太行呢?送佛送到西,你再帮兄弟支个招儿啊……"酒过三巡,郑前一把鼻涕一把泪地向大宽诉起了苦。

"哎,都是现在这个浮躁社会闹的啊,缺乏普及电影艺术所需要的文化氛围!"大宽痛心疾首,闷下了一杯二锅头。

"是,现在大家都忙着埋头摆弄手机,没人愿意花时间来影院看电影。"郑前有点儿颓唐,也不去跟大宽追究为什么几天前他还把这里的盈利前景吹上天的事儿了。

"时代变了,咱们的思路也得跟上。你别急,宽哥给你从宏观角度分析一下。"大宽拍起了胸脯,郑前的眼神又充满了对未来的渴望。

"我观察了一下,咱们所在的这个地段,打工人比较多,大家平时工作很忙,难得有休闲的机会,也没时间和别人交流。但凡有点空儿,他们更倾向于在网上聊天或者看短视频,可劲儿地留言和点赞,在人与人的交流中找到自己的存在感。

想要培养他们对电影的热爱,可能得想点儿招儿。"大宽语重心长,一派人生导师的风范。

郑前若有所思,大宽拿起手机给他继续演示。

"你别看我出行都坐豪车,但我对生活有着详细的洞察。我刚才来的时候,观察了一下影院旁边路边摊和奶茶店的顾客,其中有好几个人都在看这部剧。"大宽在手机里打开一部当前正火的甜宠剧,"就是这个。"

郑前伸头过去看了半天,屏幕上八大全球顶级帅哥富豪围绕女主的芳心展开了激烈的争夺战,尔虞我诈,钩心斗角,你死我活,血肉模糊……

"看来现在观众就喜欢这类剧情……"郑前挠挠头。

"谁让你看剧情了?看这儿!"大宽不耐烦地指指屏幕上方飞过的一行行文字。

"这……不是弹幕吗,早些年不就有这个吗?"郑前说。

"现在越来越火是不是?大家看到剧情,有什么想说的就发出来,在屏幕上凑在一起'嗖嗖嗖'飞来飞去,特别过瘾。互动感你懂不?现在的年轻人就认这个。"大宽唾沫星子横飞,"我给你指条明路,你说这东西,咱们能搞不?"

"咱们搞这个?在电影院弄弹幕?"郑前一时没反应过来。

"对啊,分析了半天,不就是大家想要交流吗……咱要是有办法让大家在电影院里边看边交流,这问题不就解决了吗?"大宽得意地夹了一筷子花生米。

郑前琢磨了半天,觉得好像有点儿道理。

大宽于是趁热打铁,几个电话就通过自己的路子搞到一台能在老式胶片放映机上加装的"弹幕机",由于这台机器是电影节上用过的,可以给郑前便宜点儿。

郑前听大宽口若悬河地畅想了半天未来,最后还是动了心,一咬牙掏空了最后几个借贷软件里的借款额度,这些钱在一天后变成了自己收到的一台不大的机器。

时光影城门口挂上了"内部装修,暂停营业"的牌子,里面郑前在热火朝天地加装新设备。反正也没有观众,于是,郑前大热天的也舍不得开空调,第一次安装有点手生,折腾了半天才汗流浃背地把机器装在放映机上。

看着自己的劳动成果,郑前还是很惬意的。这设备别看兼容老式放映机,但和现代科技的接轨那是一点不落后。观众只要通过手机扫描座位上贴好的二维码进入小程序,然后在影片开始放映后就可以自由地发送弹幕了。弹幕内容会实时发送到加装在电影放映机上的弹幕机,文字被转化成光信号叠加在胶片上,同影片画面一同投射上银幕。

郑前试着在大银幕上随便嬉笑怒骂几句,还真挺有成就感。第二天就是黄道吉日,时光影城正式重装开业!

"请大家多发友善的弹幕,让我们一起文明观影,为创建一个健康的影院交流环境而努力!"郑前在电影放映前满脸堆笑地向大家呼吁,只得到了稀稀拉拉的回应。不过在把弹幕作为卖点招徕顾客后,影厅里好歹还是坐进了七八个人,上座率的确有一定程度的提高,因此郑前的心情还算不错,并没被观众的冷淡所影响。

今天的电影是一部青春爱情题材的热映影片,为了防备因没人发弹幕而冷场,郑前自己只好偷偷摸摸捧着手机当上了托儿。

开始的几条弹幕没啥问题,郑前绞尽脑汁想的几句俏皮话还博得了观众一笑。

但随着时间的推移,终于还是出事儿了。

几个长得很秀气的染发小青年一直在某男演员出现的镜头上发着"哥哥好帅""哥哥最棒"这一类的弹幕,这让另外一个五大三粗带着小妹儿看电影的金链子大哥很不爽。没几分钟,两拨人就用弹幕在银幕上吵了起来,郑前在线干预也没什么效果,线上的争执不一会儿就转化成了线下的骂战,进而变成了拳拳到肉的斗殴。

郑前赶紧冲上去,奈何体格不够强壮,根本挤不进作战前线。须臾间,影厅里饮料与零食齐飞,鼻血共座垫一色。

郑前在劝架的过程中还被打了几拳,搞得鼻青脸肿。无奈只好报警收场,赔了全场观众的电影票钱不说,影城也被勒令停业整改。

清理完满目疮痍的影厅,郑前一个人坐在放映室里苦笑了起来。什么电影情怀,什么商业愿景,全都是扯淡。郑前决定不干了，卖掉电影院，告别自己愚蠢的文艺青年生涯，重新开始。

这放映机和弹幕机估计也卖不上什么价，上哪儿去找跟自己一样冒傻气的人接盘呢？不过，没准儿库房里那些胶片还有点价值，也许把它们卖给电影爱好者或者博物馆，能稍微抵扣一点自己的损失。郑前看着堆满库房的胶片，打算列个清单，最好今天就在二手网站上挂出去。

窗外的天色越来越暗，屏幕上的表格越拉越长。郑前在笔记本电脑上一盘一盘地记录着电影的名字，从几十年前的时代经典到近年来火热的商业大作，可惜这里面大部分的电影还没来得及在时光影城里放上一次，就要跟郑前告别了。

从中午到晚上，连续折腾了七八个小时，饥肠辘辘的郑前好不容易翻到了箱子的最底层，然而最后一盘胶片翻来覆去却怎么也找不到名字。郑前盯着这个胶片盒揉了半天眼睛，确认不是因为饿得头晕眼花看不清字迹，而是这盘胶片的年头实在太长，写着片名的标签已经脱落了。

疲惫至极的郑前原本打算把它直接扔掉算了，但一时强迫症发作，还是想有始有终地弄清楚这到底是部什么片子，于是，他拖着蹒跚的步伐把它拿到了放映室。直到把胶片装上放映机的那一刻，郑前才发现这只是一个残缺不全的老电影片段。

打开电源开关，银幕上出现了一幅满是年代感的黑白画面。虽然胶片存放的时间已经很久远，但画质还算不错。草原在远景雪山的掩映下显得辽远壮阔，群鸟和牦牛为这片高原点缀着勃勃生机。郑前觉得这好像是二十世纪六七十年代中国的西部景象，但具体是哪里就说不太清了。

在钱眼儿里打转了这么多天，几乎没有一刻喘息，现在突然看到这样一部不染铅华的老纪录片，郑前好像微微找到了一些内心的宁静，他没有打断胶片的播放，而是静静地欣赏起了影片中质朴的画面。

突然，郑前的心脏剧烈地跳动起来。

镜头从雪山摇过来，一个身穿绿军装的女孩出现在画面里。女孩向着镜头挥了挥手，她的笑容如此纯洁无瑕，郑前仿佛整个人被电击了一下，突然呆住了。这是一种久违了的感觉，似乎自从长大成人之后，郑前的记忆中就再也没见到过这么纯粹的笑容了。

银幕上的笑容几十秒后就结束了，影片到此为止。郑前手忙脚乱地把胶片装回放映机按下重播键，自己赶忙跑到观众席最中间的位置坐了下来。

当那个笑容再次出现时，郑前手一抖，没忍住发了个弹幕"你好"。文字带着一点尾迹从银幕上划过，有一瞬间，郑前真的觉得对面的女孩看到了这句问候，她的笑容似乎也愈加灿烂了。

不过很快，郑前就打消了自己幼稚的想法，关上了放映机。有很多事要忙,还是别在这里胡思乱想了,既然这盘胶片没有名字,那干脆就不卖了,给自己留个纪念吧。

郑前关上影厅的灯,想要离开,但在原地打了几个转之后,又回到了放映室,将那卷胶片再一次装回放映机。

胶片转动起来,由于弹幕系统中的数据还没有清除,因此在那个笑容之后郑前又见到了自己发的那条弹幕,他刚尴尬地嘲笑了一下自己,竟赫然看到屏幕上突兀地出现了一条手写体的回复字幕"你好"!

虽然是仿宋体,但明显是手写而成,工整娟秀,像是女孩的字迹。

郑前大惊失色,瘫倒在座位里,半天缓不过劲儿来。

二

公元一九六五年,中国青海,原子城。

虽然祖国西部金银滩上的日落刚过去一个多小时,但习惯了日出而作的人们都已经进入了梦乡。高原夏天的夜晚静谧无声,大地被茫茫夜色拥抱着,只有礼堂放映室还亮着昏黄的灯光。

胶片冲印员欧阳永摆弄着自己的辫尾，怔怔地看着银幕上飞过的"你好"两个字，不可思议的表情写满了她年轻的面庞。这盘胶片自己已经偷着看过了无数遍，上面怎么会突然出现这样两个字呢？

欧阳永又看了看旁边那套字幕制作工具，虽然自己平时刻划的字幕也算横平竖直，但还是远没有屏幕上那两个字工整。而且这字体看起来有点儿陌生，是谁用什么工具写下了它，又是用什么样的设备投射在胶片上，让它能从一侧飞向另一侧的呢？

这是同事们的恶作剧，还是真的有个看不见的人在跟自己打招呼？欧阳永的心紧张得怦怦直跳。

原子城是共和国核工业的心脏，虽然地处偏远，但由于战略地位极为重要，因此麻雀虽小，五脏俱全。这里不仅有自己的礼堂和全套电影放映设备，而且还组建了一个小型电影制片厂，负责拍摄记录整个原子城的建设工作，见证祖国的核工业发展历程。不过由于条件所限，制片厂没有单独的办公室，因此工作地点就设在原子城的礼堂内，从剪辑、洗印到放映一条龙。

欧阳永就是这个制片厂中最年轻的一名职工，主要的任务是负责胶片的冲印工作。但由于厂子的编制比较小，人手有限，因此在拍摄的过程中，欧阳永也经常作为摄影师助理奋战在第一线。

最近,厂里接到的任务是拍摄原子城近一年的工作进展,片子中不涉密的部分,剪辑后据说还要以《新闻简报》的形式贴片在全国放映,这让全厂上下都很兴奋,干劲十足。

片子拍摄的最后一镜,是个在大漠上远眺原子城的全景。拍摄这条镜头的那天,欧阳永作为跟组人员,从早上一直跟到夕阳西下。

杀青后,摄影师老吴发现还剩下几十秒长的胶片,本来按规定应该废弃掉,但由于老吴很喜欢欧阳永这个活泼的女孩子,同时也觉得浪费胶片可惜,于是在未经领导同意的情况下,私自决定把这一点儿剩余的胶片给废物利用了。

血红的落日将苍凉的大漠映得更加壮阔,摄制组身后雪白的山体也笼罩上了一层迷人的金色。老吴按下按钮,摄影机开始缓缓转动,从雪山缓缓摇向女孩的笑容。

欧阳永虽然是初次上镜,但面对镜头丝毫没有紧张。她轻盈地挥了挥手,这个美好的瞬间随即永远地凝固在了胶片上。

在这个有张照片都不容易的年代,能有电影胶片拍下个人形象的机会,实属难得。欧阳永很喜欢这段影像,随后将其冲印出来,细心地封装好,但是又怕别人发现,尤其被厂领导知道,把胶片没收就惨了。欧阳永能做的,就是利用有时独自在礼堂值夜班的机会,偷偷地将胶片装上放映机看看自己,这也是她忙碌一整天后最为开心的时刻。

直到这一天,她在放映时看到了"你好"两个字从银幕上飞过。

欧阳永思考了半天，虽然不知道这两个字的具体来历，但想必是给自己打招呼，那友好地"回复"一下应该也是必要的。和那个年代每一个富有革命朝气的年轻人一样，欧阳永是个行动派，她决定当即就回一下试试。

做字幕这事儿，对欧阳永来说可谓轻车熟路，她熟练地拿出一张字幕片，在上面用铁笔手写了"你好"两个字，随即将字幕片和胶片同步装进了放映机——虽然用的是标准的仿宋字体，但还是能看出属于女孩书法的那份秀丽。

银幕上先后出现了两个"你好"，虽然字体风格很不一样，但感觉真的像是有人在画面中发电报聊天一样。欧阳永不由得笑了起来，就当是自己给这个神秘的来客发了一份电报吧。

几分钟后，欧阳永呆坐在放映室里，看着银幕上又新飞出的一行字：

"你好，我叫郑前。你是画面里的这个女孩子吗？"

欧阳永犹豫了半天，琢磨要不要向厂里汇报这件事情，万一是有反动分子或者敌特在搞鬼就麻烦了。但她最终决定，还是先自己试着去沟通一下，毕竟这段影片完全没拍到任何敏感信息，本身不是什么涉密内容，唯一的"秘密"其实就是她用了这几十秒的胶片拍了自己这件事而已。和这个小秘密相关的事情，还是自己处理吧。

于是，她再次在字幕片上写下了一行文字：

"你好,这是我,我叫欧阳永。"

三

"你小子是这几天闷酒喝多了,脑子烧糊涂了吧?谁跟你聊个天还能串线到弹幕机上来?"大宽不满地嘟哝着。

郑前顾不上跟大宽较劲,手忙脚乱地摆弄着放映机。

然而不管如何播放,银幕上仍然只是来回地飞着自己发送的那两行弹幕,对方回复的两句话则完全消失不见了。

"我确认这不是幻觉……"郑前满头大汗,如果说第一次看到"你好"两个字还能解释为神情恍惚的话,第二次看到的"欧阳永"这个名字让自己印象极为深刻,断无可能是来自大脑的臆想。可现在自己一点儿证据也找不到,折腾了几个小时,郑前也多少有点泄气,当时要是拿手机拍下来就好了。

"唉,哥都理解,你这两天遇到点儿人生中的小坎坷,没啥。别太往心里去,胜败乃兵家常事,改天宽哥再给你找点儿更靠谱的路子。"大宽拍拍屁股走了,留下郑前一个人坐在银幕前发呆。

郑前在影厅里整整耗了一个白天,其间试着又用弹幕向欧阳永打过几次招呼，然后守着银幕一遍遍地观看，但都没收到回复。那抹在黑暗中见到的一线光明，似乎也黯淡了下来。

天色渐晚，郑前消沉地倒在影院的座椅中，手机偶尔响起也都是各种系统发来的垃圾短信，一个活人都没有。

"每天晚8点，主播上线直播分福利，上好闹钟准时进入直播间，千万大奖等你抢……"郑前漫不经心地一条条删除着短信，突然脑子里闪过一个火花。

会不会欧阳永接收和发送的信息都是有时间限制的呢？郑前从座椅上跳起来，皱着眉头来回走动着。

也许自己给她发弹幕问候的时候，她正好"在线"，所以才能看到自己的信息。同理，如果她回复的消息发过来的时候自己没有"在线"，那恐怕就看不到。这倒是有点像两个人真的在通话一样，如果对方不在听筒旁，这边不管说什么，对方自然都是听不到的。

郑前胡思乱想了一通，回忆起了自己第一次发出弹幕的时间点，大概在晚上9点30分。郑前看看手机上的时间，也差不多到这个点儿了，于是又试着发了一次弹幕："你好，我叫郑前。请问你那边是什么日期时间？"

这次很快收到了回复："现在是1965年8月15日晚9时30分。"

整整六十年前！郑前大口喘着粗气，打开手机上的日历确认了一下。他凭直觉认为对面这个信息不像是在开玩笑，但如果真的是跨越时代的通信，这意味着什么？郑前不敢去想。不管怎样，趁着对方"在线"，赶紧先聊聊再说。

郑前重温十几年前初次在网上聊天时的青涩，和银幕对面的女孩子一点点套起了近乎。

好在对方似乎比自己更加不知道该如何同陌生人聊天，这让郑前反而觉得没那么尴尬了。几个来回后，郑前大概明白了，自己所处的时间和欧阳永的时间似乎是以同样的速度在平行流动，但间隔始终是六十年整，误差可能只有几秒。每次欧阳永发来的信息只能在胶片上维持几分钟，然后慢慢就会消失不见。同理，自己发过去的弹幕欧阳永也只能在刚收到后的几分钟内看见，这也就解释了为什么白天自己多次尝试沟通却没有收到回复了。

在结束一个小时的交流前，郑前邀请欧阳永第二天同一个时间联系，得到了对方肯定的答复。

郑前失眠了，于是正好重拾一下大学毕业后荒废已久的学术检索功底，上网查了半天论文资料。可惜收获寥寥，直到天色微明，郑前的整个大脑都快陷入停工状态了，手还在鼠标上机械地点击着。

半睡半醒间，原本早就被扔到九霄云外好多年的材料学知识，似乎被屏幕上的学术氛围渐渐激活了起来，郑前仿佛看见意识的混沌中展开了一张巨大的网格，无数的节点整齐有序地排列在这片虚空里。自己和欧阳永就被固定在这张巨大网格上相邻的两个结点，彼此能看到，也能通话，但这看起来精巧脆弱的网格，却又无比牢固，无论郑前怎么样努力，都无法拉近一点儿自己和欧阳永之间的距离。

"这结构是……晶体……"郑前下意识的梦呓竟然通过自己的耳朵唤醒了自己，他一瞬间从椅子上弹了起来，屏幕上那篇生僻的论文题目中的四个大字"时间晶体"几乎让他的视网膜感到一阵灼烫。

"啥玩意儿？时间还能成精了？没听说过。"大宽目不转睛地盯着手机屏幕上的小游戏，手指触电般地抽搐着点击消除画面上散落的各色水晶，显得很不耐烦。"我跟你说，你别整这些虚头巴脑的忽悠我，哥虽然书读得少点儿，但也是见过大世面的人。我最近可是正处在事业的上升期，每一分钟都很宝贵，要是今天又是跟你这儿白扯一晚上淡，可别怪哥以后不给你介绍赚钱机会了。"

"宽哥，你听我给你简单介绍一下，你看你手机游戏里这些，是不是都是晶体？"郑前耐着性子，指着大宽手中屏幕上一颗颗五颜六色的水晶。

"嗯，我媳妇手指头上戴的那大钻石也是晶体。咋的？"宽哥抬头看着郑前，满脸不屑。

"咱们常说的晶体，就是原子、分子等这些微观粒子在空间中作周期性排列组成的物质。"郑前努力地对牛弹琴，"你比如说嫂子手上的大钻石，那就是碳原子规则排列成的晶体。它的晶体结构很稳定,所以才特别结实。"

"可不是咋地,那天她一甩手,你猜咋地?我家那老厚的钢化玻璃茶几都给划拉成两半儿了。"宽哥有点得意,"晶体我有啥不懂的,不过你说的那时间晶体是个啥玩意儿?"

"时间晶体,按科学家的说法是一种时间平移对称破缺的物质……"看到大宽的眼神有点迷茫,郑前赶紧换了个说法,"普通晶体是在空间上周期性排列,而时间晶体就是在时间上隔一定的长度呈现周期性排列的东西。这有点儿像你在微信里给嫂子常发的这个下跪磕头的表情,就是上回发错了,发给我那个。它在时间上就是循环重复的,第一秒一个样,第二秒另一个样,第三秒就回到第一秒,来回往复。"

"行行,快别说那事了。"大宽捂住脸,"那这时间循环跟你说的那个弹幕有啥关系?"

"我怀疑这盘胶片在冲洗的时候可能沾染上了一些放射性粒子,在复杂的作用机制下,机缘巧合,达到了形成少量时间晶体的条件。这个时间晶体的循环周期,差不多正好是六十年。"看着大宽仍然疑惑的眼神,郑前继续阐述着自己的猜想,"这个时间晶体能将上面光信号的变化状况折射到每一个时间循环节点,比如说胶片上本来没有字幕,但我通过弹幕打上了一行字,这行字就造成了光信号的变化。这时要是整六十年前的时间上正好有人在放映这盘胶片,光信号的变化就能被时间晶体折射到那个时间点,于是,我们就能和过去的人通过弹幕或者字幕的方式互相发送信息。不过由于时间晶体折射出的光信号变化会衰减，因此每次发出的信息只能保持几分钟的时间。"

大宽接收了超出其大脑运算速度上限的信息，一时有点儿懵，手中的游戏也顾不上打了，想了半天，他从牙缝里挤出两个字："扯淡。"

不早不晚，闹钟响了起来，又到了晚上九点半。郑前懒得再跟大宽去理论，赶紧拿出手机扫码，向银幕上发出了一条弹幕。

不到两分钟，伴着那个熟悉的笑容，银幕上出现了欧阳永的回复：

"郑前同志你好，按你的说法，我又'上线'了。"

看到大宽的下巴差点掉到了地上，郑前得意万分，运指如飞，同欧阳永热络地聊了起来。

吸完半包烟，观摩了聊天全程之后，大宽一边焦躁地在影厅里踱着步，一边语无伦次地向郑前表示，这里面商机无限。后续自己会联系有实力的合作方，所有事宜等他来安排，如果一切顺利的话，这小破影院的损失根本就算不得什么了。不过郑前一定要稳住欧阳永，每天好好陪聊，让她经常能"上线"露面。万一将来需要向别人演示时空通信，那肯定得欧阳永配合才行，双方要是失联，那一切就白忙活了。

郑前一时间也想不出这么做是不是有啥不妥，不过自己破产在即,一堆借款账单还压在头上,于是他点了点头,接受了大宽的计划。

大宽见状兴奋地一把将郑前拽出了影院,说去吃顿夜宵。

八月的晚风裹着路面上的土味儿再次扑面而来,和树叶的沙沙响声一起,在郑前和大宽的脑海中共同勾勒出一幅金碧辉煌的画面。

四

欧阳永已经在胶片上和这个叫"郑前"的人聊了好几天了。在这个远程交流主要靠写信、电报要按字算钱的年代,这种见不到面的聊天方式让欧阳永觉得很新奇。虽然她心里一直有点犯嘀咕,但又像每个对未知事物充满着好奇的年轻人一样,忍不住想要去尝试。欧阳永唯一坚信自己能守住的,就是保密工作的底线,绝对不能泄露和工作相关的任何信息,否则如果有情报落入敌特手中,那对国家的核工业可是会造成巨大的损失。

每当晚上影院人潮散去,在原本欧阳永冲印胶片的时间之余,和郑前聊上几句也成了必备的环节。郑前发来的文字隔一段时间就会消失不见,而欧阳永做的字幕片在用过一次后也会妥善地销毁,这种"阅后即焚"的体验倒也给了欧阳永一些安全感。

开始的时候,欧阳永觉得对面这个人说话的方式很奇怪,言语间经常会有些像是"给力""真香"这类看不太懂的词汇,而且偶尔还会夹杂着一些"88""555"之类的奇怪数字。但慢慢习惯了以后,聊天打开的新世界却给欧阳永原本略显枯燥的生活带来了极大的新鲜感。最让欧阳永觉得新奇的是,郑前竟然会用一些简单的标点符号拼出各种有趣的表情,像是表达微笑就会用一个"^_^"来表示,这在欧阳永看过的文字表达方式里简直是闻所未闻,太有意思了。

欧阳永也试探着问郑前来自哪里,得到的答案让她万分惊讶。郑前竟然说自己生活在公元2025年,这可是整整六十年后啊!

原本欧阳永觉得这完全是骗人的鬼话,但郑前后来竟然提前发给了自己后面好几天出版的《人民日报》的头版头条标题,这让欧阳永不禁慢慢有点相信了起来。

在接受了超时空通信的事实之后,欧阳永心中的好奇火焰熊熊燃烧起来。到底六十年以后的祖国,会是什么样的一番景象呢?

当她从郑前口中逐渐了解到未来人民的生活水平获得了极大提高,不仅所有可口的食物都不再凭票供应,还可以坐着时速几百公里的高速火车穿梭在祖国大地上，甚至能用小镜子一样大的设备随时与远在天边的朋友通话时，欧阳永对那个美好的未来充满了向往。

然而好景不长，仅仅十几天之后，这场跨时空交流就面临着被强行终止的命运。

可能由于最近总是跟郑前熬夜聊天，休息不够，在一次电影放映活动中，有点犯迷糊的欧阳永将自己那盘胶片错当成新收到的《新闻简报》，装在了放映机上。不巧那天由于领导讲话增加了一些内容，电影的放映比平时晚了几十分钟，正好赶上晚上九点半，等她意识到问题的时候，礼堂内几百名观众已经全都看到了银幕上的自己，以及郑前发来的几个奇怪的文字表情。

让欧阳永没有想到的是，几百名观众都没有对银幕上的内容发出什么质疑，而是聚精会神地看完了这几十秒画面。每当银幕上有一个有趣的表情飞过的时候，礼堂中竟然还会爆发出一阵阵掌声和笑声。在精神生活贫乏的年代，无论是什么样的影片，都会让观众们觉得无比新奇。

这次意外的放映虽然没有造成什么太大的不良后果，但欧阳永不可避免地成了全原子城的焦点人物。

在第二天晚上的通信中，欧阳永告诉郑前，制片厂领导找自己谈了话，并告知了处理决定。经过厂里研究，欧阳永擅自使用废弃胶片拍下自己的形象，并因为贪玩的原因在胶片中制作了奇怪的表情字幕,虽然没有出现政治错误,但毕竟违反了纪律,造成了不好的影响。因此,欧阳永将暂时离开原子城,去地方上支援周边农村的文化建设,做一名流动电影放映员;同时,摄影师老吴也受到了通报批评。

欧阳永对郑前说,自己已经在打包收拾行李,后天将会跟流动电影放映队的车一起出发,明天估计就是最后一次联系了,今后恐怕没有机会再制作字幕片,也就没办法再与郑前隔空交流,但很高兴能认识郑前这样一个无法谋面的朋友。

第二天,临行前的夜里,昏黄的放映室中,欧阳永盯着那条一遍遍飞过的文字"不要出发!有危险!",眉头紧锁。

五

自从向大宽演示过时空通信后,郑前就关了影院,每天不是跑去档案馆,就是泡在网上,一边继续研究时间晶体的原理,一边想尽一切可能了解欧阳永相关的信息。

欧阳永的嘴一直非常严,但从她的衣着和周边的环境看,郑前直觉她的工作应该和二十世纪六七十年代的"三线建设"有关。

于是，郑前在档案馆一边抄录着六十年代《人民日报》的头版头条题目发给欧阳永，一边拼命地翻查着三线建设相关的资料。

功夫不负有心人，终于让郑前找到几张青海金银滩的照片，这里现在已经完全解密，成了旅游景区。经过和胶片的多角度比对，郑前确认欧阳永工作的地点，正是金银滩原子城，中国第一个核武器研究基地。这倒是也在一定程度上解释了为什么胶片会在洗印的过程中接触到放射性物质，在极端巧合的条件下形成了时间晶体。

时间一天天过去，郑前和欧阳永的交流越来越多，言语间的温度也在逐渐升高。

钻到钱眼儿里的日子过久了，郑前原本完全没想到能在世界上遇到欧阳永这样一个不染铅华的倾诉对象。每次推心置腹地交流完不得不说再见的时候，郑前总会有一种怅然若失的感觉。他甚至想去打听一下欧阳永现在是不是还在人世，生活在哪里，但又不敢去想象与这位八旬老人的碰面会不会打破眼前这个美丽的幻象，只好将这个愿望埋藏在心底。

有时聊天结束后，郑前会盯着空中的那束光柱愣上半天，在欧阳永的那个时代，那间小小的放映室里，应该也有同样变幻着的一束光吧。隔了一甲子的两束光竟然在时间晶体的折射之下，如此完美地将两个原本毫无关联的人联结到一起，命运之神看起来真是醉心于这种精巧的游戏呢。

大宽的效率不错，几天后就联系到了下家，据说他通过中间人搭上了国外一家很有实力的财团，对方财团下属的科研机构对于时间晶体存在的理论基础也开展过一些工作，但一直没能在实验室中制成过时间晶体，也就无从着手进一步的研究。这次听到郑前的发现，觉得很有价值，愿意给出一个天文数字的价格买下这个科技新发现的首次公开披露权，并承诺在对胶片样本进行研究后，会原样归还。

出于保险起见，对方希望将发布会安排在公海的一艘邮轮上，届时，对方也会派出科学家团队在邮轮上对胶片进行研究检测，结束后，胶片仍由郑前带回国内。

大宽满心欢喜地向对方承诺，到时自己会和郑前一起在中间人举办的晚会上，协助对方进行这次重大发现的发布仪式，并当众向买家财团的代表展示不可思议的跨时空通信。

计划看起来一切顺利，大宽很快就把郑前的签证和机票都准备利索了。因为怕中间与欧阳永失联，大宽还贴心地在途经的酒店和邮轮上准备好了电影胶片放映机，这样只要随身带着弹幕机和胶片，郑前每个晚上都可以在约定的时间跟欧阳永进行联系。

由于档案馆相关的资料太多，出发前，郑前来不及查阅完毕，只好申请开通了影印部分资料的权限，将大量资料的电子版打包拷贝进电脑，以便随时查看。

几天后，大宽带着郑前和几个跟班飞抵澳大利亚，盛装的豪华邮轮"水晶公主号"即将从西澳的珀斯港口启航,带领大宽和郑前驶向梦想中的人生巅峰。

大宽一路上兴致勃勃,不断跟郑前勾勒着未来的美好图景。郑前则自始至终将装有胶片的皮箱紧紧地抱在怀里,似乎担心南半球未知的风向会将那个在心中越来越重要的人儿吹跑。

离开港口的第一个晚上,郑前一个人在甲板上发呆。

印度洋上刮着和煦的风,工作人员在为明天的盛大典礼而忙碌准备着,追逐邮轮的海鸥在月光下盘旋,远处隐约可见异国大陆的海岸。大宽早就带着跟班们去跟客户开怀畅饮了,郑前一个人倒也落得清静。

头顶就是自己从小耳闻却从未亲眼得见的南十字星座,郑前盯着这几颗南半球夜空最亮的星,觉得它们的形状似乎也构成了一块精美又坚不可摧的晶体,欧阳永的笑容就在晶体的框架中显现出来,同自己隔着有整个宇宙那么遥远。

那个笑容与这片遥远海域的景色总感觉有哪里不搭,似乎她本来就不应该和这里扯上什么关系。

闹钟的响起打断了胡思乱想,又到了欧阳永上线的时间,心绪不宁的郑前冲回了客房。

郑前所在的头等舱套房相当宽敞,有一整面墙壁可以挂上一幅屏幕来承接放映机的光。郑前躺在舒适的沙发里,心不在焉地抱着手机,有一搭没一搭地跟欧阳永接着话茬。

十几天来,郑前总是能从字里行间感受到欧阳永那个年代的年轻人对工作和生活的那种只求付出、不计回报的热情,这种热情如果放在郑前还是个满腔热血的大学生的时候,也许是能够在一定程度上感同身受的。但现在郑前甚至都不敢告诉欧阳永,自己为了赚钱,带着胶片跑到了国外,这种事该怎么跟她解释呢?她一定会问自己,"钱"这个东西在我们这个时代真的是最重要的吗?虽然其实完全不用担心远在时空彼岸的欧阳永会了解现在发生的这一切,但郑前心里还是觉得有种深深的自责。

在聊天的最后,情绪原本就低落的郑前又受到一次重击,欧阳永竟然向自己道别了。欧阳永简要地说了一下误放胶片的事件以及后续的处理结果,并表示自己非常理解和接受厂里的决定,明天还有机会进行最后一次通信,然后也许就后会无期了。

在和欧阳永道过晚安后,郑前久久没有关闭放映机,屏幕上自己刚刚发送的弹幕还在一条条地循环飞过。如果仔细推敲,弹幕这种表现形式本来存在的意义就是为了营造一种虚假的"实时感",让不同时间、不同用户发送的内容,看起来像是同时在一起热烈地讨论。从这个角度说来,自己和欧阳永之间所谓的"即时通讯"也不过是一场虚假的时间游戏而已,又何必太当真呢?

郑前深吸一口气,努力地想把这些胡思乱想的念头赶出脑海，但怎么也做不到。心烦意乱的他只好拿出电脑，继续翻阅起那些电子化的档案来。

十几分钟后，在船上的酒吧里，郑前奋力敲开了一间包厢，正和客户在美女簇拥下狂饮海塞的大宽面带不悦，但看到郑前通红的眼珠，还是不情愿地抽身出来了。

"胶片出事了？"大宽拎着一瓶高档红酒，满脸惊诧地发问。

"胶片没事，欧阳永……出事了。"郑前满头大汗，抱着笔记本电脑瘫坐在包厢门外。

大宽把目光投向郑前手中的电脑，屏幕上一张泛黄的《青海日报》左下角是一条新闻，记录着当年海北州发生的一次交通事故。一辆为牧民放映电影的汽车在经过一处陡峭的挂壁路段时，因为路况不佳，又遇上恶劣天气，一侧车轮脱离道路，面临坠落深渊的险境。汽车最终在大家的努力下没有翻覆，但电影放映员欧阳永同志却在奋力阻止汽车滑落的过程中，因脚下路面坍塌，不幸跌落山崖，失踪后多方寻找未果，定为因抢救国家财产而牺牲，年仅二十岁。

大宽眼神直勾勾地瞪着郑前，半天憋出一句话：

"还有几天？"

郑前缓缓起身，沉下心来在脑子里确认了一下。在欧阳永的时间线上，这事儿应该还有三天才会发生，而欧阳永后天才会出发，也就是说，至少明天晚上还有一次机会可以将这件事通知欧阳永。

但是这个想法刚一说出口,就被大宽制止了:"明天的连线可是在发布会几百人的眼皮子底下,你要是当着这么多人跟她说了这事儿,等于是说这场时空通信从此就断了,那这胶片的价值肯定大打折扣,这帮外国佬还会给咱们钱吗?现在重要的是,一定要在明天晚上把这个演示环节完成!把钱拿到!后天正好船就靠岸了,咱哥儿俩立马远走高飞,到时他们联系不上欧阳永,跟咱们也没关系了。"大宽搓着手,酒精似乎并没有影响他对钱的渴望。

"可是欧阳永她……她是因为跟我聊天才被派去牧区放电影,否则就不会出这事了……"郑前有点着急,毕竟人命关天啊。

"咋地?想救她?你以为你告诉她,她就没事了?我跟你说,这都是六十年前的事儿了,事儿该是啥样就是啥样,那是历史你知道不?你不要想改变历史!"大宽明显急了,"而且她咋样跟你有啥关系?你不会真跟一个六十年前的小姑娘来电了吧?她岁数可比你奶奶都大!"

郑前郁闷地低着头,但又想不出什么合适的话来反驳大宽。

"那我现在……"郑前刚支吾着想说两句,就被大宽粗暴地打断了。

"你现在啥也不用做,准备明天晚上哄好欧阳永,到时就随便聊点儿风花雪月的事儿,千万别说些什么以后没法联系了之类的话,更别提出事故的事儿。要让老外们觉得,他们以后可以随时跟欧阳永通话,这样他们才会心甘情愿掏钱,明白吗?"

"你……你这是打算把胶片卖给他们,不拿回来了?"郑前突然觉得有点儿不对劲儿。

"这个……咳,你这反正眼看要联系不上了,胶片给不给他们有啥区别?你要是怕之后看不着妹子了,我让他们给你做个高清数码4K修复版本,你放在电脑里面随便看。"大宽喷着酒气,过来就要搂郑前的肩膀。

"不行,我必须得想办法告诉她!"郑前的表情突然严肃起来,抱着笔记本,准备回自己的房间。

郑前刚转过身去,就被一股力量砰的一声推倒在地,倒没有什么疼痛感,只觉得船晃得越来越厉害。一股麻木从后脑逐渐蔓延到全身,模糊中,他看到了大宽拎着红酒瓶的影子。

"不识抬举,你这就不能怪我了,老弟。来,找个地方让他凉快一下。"大宽冷冷地对身后的包厢里跟出来的几个人挥挥手。

六

这帮孙子太会挑地方了,郑前摸着还有点疼的后脑勺感叹着。

大宽带着跟班们把郑前关到了"水晶公主号"烟囱顶端的瞭望舱里。对于装备了现代化观测设备的邮轮来说,这间瞭望舱纯属装饰,并没有什么实际功用。因此,平常从来没人会到这里,恐怕几天下来也不会有谁发现这里竟然关着一个人。瞭望舱开着一扇窗户,从这里可以看到甲板上举办的盛大典礼。郑前感觉大宽这么做纯粹是为了羞辱自己,让他到时只能看着欧阳永在银幕上与冒用郑前身份的大宽互动,而又没有一丝办法。手机和电脑早被大宽收走了,海上风大浪大,这个距离即使喊破喉咙,估计也不会有人听到。

天空的颜色逐渐深了下来,甲板上的宾客越聚越多。应该马上就要到和欧阳永通信的时间了。这个时间正好适合在甲板上放电影,看来这帮人连时差都算得明明白白。

郑前将头探出小窗,发现好在自己还算瘦削,可以从这扇窗户钻出去,但外面就是邮轮烟囱长达几十米的光滑斜坡,要是滑下去,基本也跟从十几楼上往下跳差不多。

"女士们,先生们,非常荣幸能够和大家一起分享这个迷人的夜晚。今天,我们将会在这里共同见证人类历史上首次跨越时空的通信!这次时空通信的真实性已经由我们昂萨财团聘请的全球几十位顶级物理学家进行了验证,之后,我们将会利用财团领先的科学资源在时间晶体项目上进行深入研究,相信不久的将来,我们的研究成果将连接过去和未来,深刻改变我们的世界,创造出无穷无尽的商业价值!"昂萨财团的CEO满面春风,台下掌声不断。

"接下来,我把时间交给时间晶体的发现者,来自中国的王宽先生,请他为我们进行演示!"风度翩翩的CEO做出一个邀请的手势。

大宽从前排站起,和CEO握手后,二人一起走到红绸覆盖的放映机前。

大宽和CEO一同扬起手,红绸应声而落。无数的闪光灯在夜幕中的甲板上闪耀,两人向观众和媒体频频鞠躬致意。

"尊敬的各位来宾,接下来请允许我带领大家穿越时空,将我们这艘2025年的印度洋邮轮与1965年的中国西北草原联系到一起。"大宽在同声传译的帮助下,彬彬有礼地向观众们介绍着,一改其平时的粗鲁。

"在稍后的展示上,我将代表在场的所有人向一位六十年前的中国姑娘问好,然后我们将收到穿越六十年时空的回复。

请大家屏住呼吸，尽情地去感受这个历史性的时刻吧！"大宽的声音因激动而颤抖，也不知道是为了科学史上的突破，还是即将到手的钞票。

台下响起热烈的掌声，甲板上的灯光渐渐暗了下来。郑前看到大宽示意放映机启动，并拿出手机准备用弹幕与欧阳永开始通信。

这是最后的机会，如果现在不能想办法通知欧阳永，那她"明天"就会出发前往那座葬送她青春生命的山崖。虽然也许一切的结果早已经注定，但郑前还是想要尝试一次。不管历史是否会因为自己的努力改变，但无论如何也要对得起自己和欧阳永的这次相遇。

郑前闭上眼睛，打算滑下去，却发现自己的身体顽强地对抗着大脑的指示，胳膊怎么也离不开把手。

海风吹得郑前眼睛越来越酸，眼泪也不争气地流了下来，看来自己无论如何也做不到冒着生命危险去拯救一个可能早已离世的人，即使她是欧阳永。郑前啊郑前，你难道真的喜欢上了那个缥缈的幻象吗？你明明就是个胆小爱钱的庸人而已，何必要强行逼着自己做英雄呢？放弃吧。

南十字星座在夜空中愈发明显，郑前抬起朦胧的泪眼，看着这块亘古不变的巨大晶体。晶体缓缓旋转了起来，折射出六十年前的欧阳永，也折射出现在的郑前，甚至还有无数个模糊的影子，像时间之镜碎裂产生的幻象，沿着熵增箭头在虚空中划出的轨迹,永恒地闪动着。即使到了宇宙因热寂[1]而不再存在的那一天,它可能仍然孤独地进行着循环。百亿年量级的时间被它切割成无数个以六十年为单位的晶格,串联起了欧阳永和郑前,也可能还会把过去和未来更多的人卷入命运的旋涡。

六十年后如果有下一个人,他会是谁呢?郑前突然想起这个问题。如果有这么一个人,他会不会也有可能通过弹幕,和自己以及欧阳永取得联系呢?他到时会不会也面临着与现在的自己和当年的欧阳永一样的危险?

郑前一边胡思乱想着,一边盯着远处的甲板。

放映机已经开始转动,那片再熟悉不过的雪山和草原出现在了银幕上,只不过这次相隔着十几层楼高的距离。所幸组织者"贴心"地将银幕做得足够大,这让郑前在烟囱顶也几乎可以看清银幕上的每个细节。

如果那个人后来从历史书上知道了自己此刻的窘境,应该会想办法在银幕上发出信号来拯救他一下吧?郑前苦笑着,自己都做不到向欧阳永发出信号,就别指望这个根本不知道是否存在的后来者了。

欧阳永的笑脸出现在银幕上,郑前鼻子一酸,自己恐怕再也没办法跟她说上一句话了。除非自己能活到六十年之后,那

---

1. 热寂说,一种基于热力学第二定律的宇宙终结假说。

时如果还有机会，自己一定要写成百上千条弹幕，给她好好讲述一下这些年发生的事情，那时的世界又会是一个什么样子呢？会让她听得更着迷吧？

远方海上的一片厚实乌云中闪过一道电光，同一瞬间，似乎也有一道闪电击中了郑前的脑海。

如果能指望六十年后的某个人来拯救此刻的自己的话，那个人只可能是六十年后的郑前！

郑前紧盯银幕，心中默默发誓，如果自己能从这道九死一生的滑梯上活着滑下去，六十年后的今天一定算好时间，坐在电影放映机前发送弹幕，给现在的自己和欧阳永发送一个笑脸。

"^_^"。

银幕上飞过一个笑脸。

CEO和底下的观众们纷纷笑了起来，以为是大宽的一个善意玩笑。

只有大宽摸不到头脑，拼命摆弄着手机，弄不清为什么会误发了这么一个表情出来。

唯一明白这个表情出现来由的，就是烟囱顶上心花怒放的郑前。

老子不仅今天不会摔死，还能活得很长，至少还能活六十年！

"刚才的笑脸是向大家演示一下我们的弹幕系统，我们即将用这套系统与银幕上的这位女士通信,请大家跟我一起倒数……"

大宽话音未落,观众席中爆发出了一阵巨大的惊呼。

伴随着沙哑的喊声,一个黑影从邮轮烟囱的斜坡上极速地滑了下来,划出精准的轨迹,像一枚炮弹一样撞上了银幕。郑前结结实实地扑进了欧阳永的怀里,然后包裹着银幕一起跌进了后面的巨大露天泳池。

"上帝啊,是恐怖袭击!"有人高喊了起来,现场瞬间一片混乱,嘉宾们顾不得体面,四散逃窜,CEO也第一时间被保镖们护送进了船舱。

银幕掉进了泳池,电影看不成了,自然也就没办法演示跨时空通信。昂萨财团的安保人员想要把放映机收起来,保护胶片改天再放映,但知道明天就无法演示的大宽则带着几个跟班一起拼命阻止。

两拨人瞬间分成了几对儿,在甲板上扭打了起来。

大宽和那几个跟班完全不是训练有素的安保人员的对手,眼见着落了下风。

随着一声惨叫,大宽的手机被CEO的一名黑衣保镖踢飞,正好掉在从泳池里爬出来的郑前面前。

手机屏幕上,正打开着那个最熟悉的小程序。郑前拼命抓过手机,用湿漉漉的双手在上面发出了几个字——

"不要出发!有危险!"

缓过神来的安保人员很快扔下已经爬不起来的大宽,全力冲向郑前,旁边的记者们则纷纷用相机和摄像机记录着这一突发事件。

天边的那片乌云也覆盖到了"水晶公主号"的上空,闪光灯和闪电的光芒在夜色笼罩下的甲板上交相辉映。

郑前带着浑身的水滴满场飞奔,一边跑,一边上气不接下气地向一些坚守在甲板上的媒体记者控诉着大宽谎称自己是胶片的所有人,不顾当事人郑前和欧阳永的意愿,执意把胶片卖到国外赚钱的行径。

记者们如获至宝,纷纷第一时间将这条爆炸性新闻发送到了全球各个角落。

满身湿滑的郑前如同甲板上的泥鳅,数次从彪形大汉们的手中挣脱,终于冲到了放映机前。

放映机还在工作,郑前的双眼被强光晃得睁不开,无论如何也看不清光束中欧阳永的样子。

情急之下,郑前向着那束光伸出手,耀眼的光线如同神启一般在郑前的手中缓缓聚焦,显现出那个熟悉的微笑和几行文字,欧阳永回复了:

"郑前同志,感谢你的好意。历史的走向无须改变,得知未来的祖国繁荣昌盛,这一切已如我所愿。无论遇到什么危险,我都会在革命工作的道路上继续向前。很高兴能和你认识,再见!"

郑前拿起手机,一遍遍地呼叫着欧阳永的名字,但光束中再无回应。

雨倾盆而落,船上的灯火也逐渐黯淡下去,邮轮被一团黑色的浓雾包裹起来,仿佛让凝固的时间晶格锁定在了风暴中的大洋深处,再也无法移动分毫。

工作人员们手忙脚乱地关掉放映机的电源,将它搬进了船舱。

时间晶体折射出的光辉随之熄灭,欧阳永的身影也永远地消失在了时间的尽头。被几名安保人员包围的郑前坐在暴雨中的甲板上,失声痛哭。

历史坚定地按照既定方向前行着,自己终究还是没有办法阻拦这已经发生的一切。

再见,欧阳永。

尾 声

金银滩的秋日极其美好。

六十年过去了,雪山和草原勾勒出来的美景,和胶片上相比似乎没有丝毫的变化:群鸟在空中飞舞,牦牛在池边饮水,高原上勃勃的生机也一如当年。

位于海晏县西海镇的原子城纪念碑,矗立在蓝天白云之下,金色的大字"中国第一个核武器研制基地"在阳光下反射出耀眼的光芒。碑体上和平鸽与蘑菇云的浮雕,共同传达着这片土地在共和国成长历史中的重大意义。

郑前抬头细细看着碑上的铭文,那里面提到的为共和国核工业建设献出青春和生命的人中,应该也有欧阳永一个。

大宽和昂萨财团的交易由于郑前的现场曝光而被媒体广泛报道,在各方的压力下,昂萨财团宣布放弃对胶片的购买。目前这盘胶片已经被成功追回,交给国家相关科研机构进行时间晶体的研究。作为对发现者的表彰,郑前得到了一笔足以偿还自己债务的奖金,同时被特许能够保留从尾端剪下的一格胶片珍藏。

在不染一抹杂色的蓝天下,郑前向着太阳举起那一格胶片,虽然不能再与欧阳永通信,但能看到她的样子,郑前也已经心满意足了。这一个多月来,他一直将这格胶片放在身边,无数次拿出来细细观看,但这次,他却愣住了。

这张他熟悉得不能再熟悉的胶片的一角,出现了一个从未有过的符号,在阳光下若隐若现——

"^_^"。

郑前仿佛看见原本应当失踪了的欧阳永又回到了那间熟悉的放映室,一笔一画地在胶片末尾刻下这个符号,然后把它交给了时间。

时间的滚滚洪流一如往昔,但一片漂浮其中的小小叶子的走向,也许真的会因为自己的努力而有些许的改变。

也许。

郑前抬起头,高原上刺眼的阳光让他的眼睛眯了起来,不自主地,他的嘴角露出了一丝笑意。

UPRIGHT, UNLOCKED

by

Tom Gerencer

▽

解　锁

［美］汤姆·格兰瑟　著 / 孙梦天　译

汤姆·格兰瑟是美国一名金牌记者，曾为BBC新闻、ABC、NBC等多家英、美媒体机构撰写稿件。同时作为一名职业作家，他还创办了格兰瑟创意公司。1999年他参加了科幻写作班，在发表数篇优秀的小说后，因忙于事业和婚姻，写作之路一度中断。后来格兰瑟重返科幻圈，为我们带来了脍炙人口的作品。

Copyright © 2014 by Tom Gerencer

1. 机器人。

想象一只鬣蜥[1]。不，不是那只。那只太大了，颜色不对，位置也不对，再往左六英尺[2]。算了，别管鬣蜥了。这里看上去更像亚利桑那州，但它不是——这儿是内华达州，你又搞错了。

一只小蜥蜴坐在附近的岩石上，烘烤着自己。天空如同一块透亮的蓝色镜头，下面的一切都像是在拍摄美食频道的片段一样。

旁边，烧焦土地的一小块突然动了一下。然后，正当你以为只是光和热造成的幻觉时，它又动了。

现在，它拱起一角，碎土滑落。一只伤痕累累的手从下面伸了出来，半掩在土中，颤抖着。如果我们在拍恐怖片，一定会配上一段诡异的音乐。

但是，这却不是恐怖片里的那种手。

---

1. 分布于中美洲、南美洲和加勒比地区的蜥蜴，体型较大。
2. 1英尺等于30.48厘米。

它看上去是由白色塑料做的。

它四处摸索,扒拉着土,然后撑了一下地面。土壤再次松动,纷纷落在四周,一颗脑袋探了出来。绝妙的曲线,仿佛某个设计专业的学生几乎耗费了最后一整个学年完成的作品。

就这么着,它从土地里爬了出来,身体像沙漏一样,碎土不断从它的表面和关节落下。它眯缝的眼睛里闪出一道光。真是荒诞。为什么光要从眼睛里出来?完全跟眼睛的功能背道而驰了。可能又是那个设计专业的学生搞出来的。它站了起来。

现在,它俯视着那只小蜥蜴,服务器高速运转。

"我需要跟谁讨论这件事?"它问道。

它的声音很苍老。它是一台机器人,被埋在地球的中心已经有四十五亿年了。前前后后差不多这么久。你说岩浆早应该熔化它了?瞧瞧,这是谁这么聪明。它就是被设计出要存续四十五亿年的,你觉得区区岩浆能把它怎么样吗?没有什么能伤害它,除了它自己。这才是问题所在。

一个强大的机器文明创造了地球和地球上所有的生命,并把它放在了这里。它们在很久以前设计出了我们的原始基因图谱,就像设计一套程序,写无数行有机代码,据此发展出了我们所知的一切,包括烙饼和触控式台灯。它们这么做并非出于好心。首先,它们本来就没有心。那会儿它们是机器,现在也是,因为它们存续至今。它们都是资本家,所以眼光放得很长远。

它们创造了地球，把机器人埋在这里，命令它等待着，直到文明崛起时再出现，找到他们的首领，递上一份账单，一份创造世界的费用账单。

你问这合乎伦理吗？想想就胃疼。它们很狡猾。如果做得到，你确实可以告它们，但首先，送往它们星系的传票才走到半道儿上，你的律师就已经死了几千万年了。所以，别想了。

但是这台机器人，自那以来一直待在下面，经历了火山爆发、恐龙、小行星撞击地球、穴居人、特拉法尔加之战，以及所有的奥普拉脱口秀，这么长的时间里，它只惦记着一件事：线。

它被设计得无懈可击，拥有上帝般的永生和力量，我们等下会再细说这一点。但是，负责启动它心智的一台机器当时分了一下"心"，遐想着一些东西——哪怕你试着理解其中的一部分，大脑都有可能崩溃——但其实，它只是在搞黄色。而在那个瞬间，真的只有十亿分之一秒，只应该使用一次的继电器出现在了其他六个地方，导致机器人的脑子里只有一个念头："线"。

整整四十五亿年。想象一下。算了，你想不出来。你连只鬣蜥都想不好。

它思考了自己能想到所有关于线的事，然后思考了更多。它感受了所有情绪，比任何人的感受都深。如果地球上的任何人能体会到它对八分之一英寸的染色麻绳的感情，哪怕只体会其中的十分之一,脑袋都会像原子一样分裂,其精神崩溃程度足以产生一朵蘑菇云。

很明显,机器人的脑子坏了。但是得益于其独特、全能的智慧,它碎得就像一颗切割工艺精湛的钻石。

比如——

现在它站在沙漠里,望着半球型的湛蓝天空,以电子显微镜般的精度观察到了所有的颜色,包括数十亿人们肉眼看不见的颜色:蜜蜂看到的颜色,射电望远镜捕捉到的颜色,十亿光年外的生物看到的颜色等。它能看到所有颜色,却并非同时观察到。它的视线掠过各种光波,如同闪烁的极光席卷电离层,一埃[1]一埃地倾泻,在神经传导的一瞬间,通过百万个不同的滤镜观察整个世界。就像老式火车站的翻牌始发时刻表,每张新卡片上都有一整个宇宙的姿色。

它还看到世间到处都是公式、曲线以及角度。它能观察到岩石中的化学反应,仙人掌的形状所蕴含的高级微积分,尘土里的微生物和小蜥蜴体内的基因组。它能观测到太阳光束或粒子中的量子物理,还有其他的人们远不能理解的各种科学,那些人们从未见过的现象和过程,包围着所有这一切,像一座埋藏着无数信息宝石的森林一样闪烁着。如果知识即力量,那么这台机器人就是一颗新星。

---

1. 长度单位,表示原子尺寸、化学键键长和电磁波波长。1埃=0.1纳米。

它看到了所有可能的意义和隐喻，沙漠即死亡，即隐藏在表面虚无下的无限生命，即缺水，即重生，即地狱，即《纽约客》的漫画。它看到了解读人类的所有可能性，借由以前、现在以及将来存在于任何世界、任何宇宙的生物的眼睛和心智，更有甚者，借由不可能存在的生物的视角，从虚无中推断。从所有可能的角度，以及不可能的角度，它看到了一切。"已把万物尽收眼底"的这种评价都是一种严重的低估，词典编纂人员会觉得自己错过了一个绝佳的机会。

它观测到了所有分子，它们的原子，原子的组成部分，以及更小的、人类尚无概念的物质，它们内部发生的所有反应，彼此吸引和排斥的各种力量。它的视觉以及背后的处理能力就是这样的强大。

而那仅仅是它的视觉。它的触觉、听觉、嗅觉、味觉，还有地球生物没有的其他上千种感官系统也同样发达。它感知美的能力比人类优秀得太多，甚至会让宇航员迫不及待地在网上分享自己举着白板科普的视频。它体验了一切，四十五亿年来除了线别无所思，其奥妙足以把它分裂成夸克。

但是，它没有分裂。

小蜥蜴还是没回答它的问题。你问这台机器人造得像福特车一样坚固吗？别提了，这玩意儿保修期可长了。

一切表明，作为一台坚固、完美、近乎上帝、近乎全能的机器人，它明显疯了。

它要是功能运行正常的话,早就应该执行命令了:去华盛顿或者北京,把创造地球的账单交给他们,然后遵循指令——等待三十天,发布逾期通知;再等三十天,下达最后通牒;最后等三十天,然后消灭地球。

它轻而易举地就能做到。它能够结合磁力、万有引力、强核力、弱核力,还有家得宝[1]的力量,形成强大的一击,足以摧毁太阳系的绝大部分,不仅限于它的现在、未来,而是所有的时间线,就像某种有追溯效力的诅咒。它会感到内疚吗?一点点。但是在它看来,如果你懒得付自己的账单,就得承担相应后果。

但是,它没有正常运行。现在,沉醉于那种宇宙都无法容纳的美,它决定把创造万物的账单交给佛罗里达州马拉巴尔港的厄尔尼·纳塔尔伯格,而不是什么世界首领。它会给他六天时间,打几通骚扰电话,然后毁灭世界。

它认为这很公平。

"你可真能帮忙呀!"它告诉小蜥蜴,然后向拉斯维加斯麦卡伦国际机场的大致方向走去。

---

[1]. 美国最大的家居建材零售商,创立于1978年。

2. 杰 里。

为什么人们会用潘趣酒来形容友善的人？坐在一个大碗里，等着人们把你舀出来喝掉，还有玉米薯片屑和火腿沙拉从餐巾上掉到你身上，然后他们在一边聊工作、新生婴儿、新装修的厨房以及狗身上的蛔虫，你会开心吗？如果会，你要么是个奇特的人，要么该吃药了，也有可能两者皆是。同样，像蛤蜊一样开心这个表述也很有问题。砍断你的一只脚，坐在深深的泥土里，眼睛瞎了，吃沉淀的腐肉，持续六周后，你再来回答我。所以我们应该说，像没有烦恼、相当愉悦、智商在线、健康状况良好、未来可期的人那样快乐。读起来很拗口，是不是？难怪我们要创造那些没意义的废话。

这是曾经的杰里，我说曾经，是因为机器人要来了。趁它还没有来，我们先看看。

他现在舒服地坐在家门前的一把带坐垫的椅子上，读着一本非常幽默有趣的悬疑小说，很安逸，就像一个从不质疑你对另一半的选择或者取笑你身上穿着的短裤的朋友。他一边吃起司汉堡，一边享受着人们的喧闹声。一个小女孩正在问她妈妈佛罗里达州和迪士尼乐园的事,两手搭在妈妈的膝盖上,不自觉地前后晃动着。妈妈乐不可支,她的快乐传染给了杰里。他能感受到。他在微笑。

杰里差不多有五十岁了,发际线已经后移,头发有点长,留着介于夏威夷神探[1]和海象之间的胡须,一双高兴但疲倦的眼睛,体格魁梧,穿着一条褪色的蓝色牛仔裤,系着一根银色的皮带。他穿着一件从《天空商城》[2]订购的T恤,上面写着:"我请了一位宠物通灵师,但是它在我腿上撒了一泡尿。"

他咬了一大口汉堡。肉、芥末酱、番茄酱、黄色的起司,还有西红柿,虽然很不健康,却像是国防高级研究计划局[3]推出的产品一样,冲击着他的味蕾。

他是那么热爱飞行,他甚至热爱飞机场。当他第一次意识到这一点的时候,想过去咨询心理医生。他热爱机场附近的酒店:它们的免费早餐、私人华夫饼机、健身房、有线电视以及舒服的床。他热爱机场大巴,热爱从自动玻璃门穿过,热爱观察人群,热爱和工作人员交流,热爱逛商店,热爱观察旅客们从机场走向某些激动人心的地方——去度假、工作或者参加什么活动,真实的人类感情在这里放大了成千上万倍。无论如何,激情具有传染性,听到小女孩和妈妈的对话,杰里好像已

---

1. 美国犯罪片《夏威夷神探》的主角,一名居住在夏威夷的私家侦探,蓄着胡须。
2. 美国航空杂志。
3. 美国国防部负责研发军用高科技的行政机构。

经开始对飞往佛罗里达摩拳擦掌了。

起飞是他最喜欢的环节,几代人的卓越设计合而为一,引擎一声轰鸣,他被后坐力按到椅背上,然后冲上云霄。激情与飞行,空中厕所与降落,他热爱这一切。对他来说,这里就像一个免费的游乐场,只是没有那些巨大的、有点吓人的拟人卡通动物,除非你把在美食广场撞见亚历克·鲍德温[1]的可能性考虑在内。

这一切之所以都是免费的,是因为六年前,他去得克萨斯州参加一场婚礼,返程时遇到飞机超售,他自愿放弃登机。航空公司另外给了他一张机票以示答谢,他可以飞往美国大陆地区的任何地方,还有餐饮和酒店的抵用券。然后,第二天他故伎重施。当你没什么地方需要去的时候,放松一下是挺好的,只要你去的城市距离底特律至少两百英里[2]远。

他在三天里又自愿放弃了三次登机,飞去了洛杉矶,然后又自愿放弃了六次登机,收获了更多免费航班和酒店。他打电话辞职之后,就一直干这种事。一个永远在航空旅行中的人,就像带着充气护颈枕的"飞翔的荷兰人"[3]。自从这样干之后,他就再也没有为航行、餐饮或者酒店掏过一分钱。他总是选择热门景点的高峰期航班:春天,他在前往佛罗里达州和加利福

---

1. 美国电视、电影演员。
2. 1英里约等于1609米。
3. 传说中一艘永远无法返乡的幽灵船,注定在海上漂泊航行。

尼亚州的航班上跟别人抢座椅扶手；夏天，遗失的行李箱纷纷拥向新英格兰地区和俄勒冈州；冬天，奔向滑雪圣地的游客们喷嚏连连。这样做，能增加机票超售的可能性，也就是放弃登机的可能性。

他从来没去滑过雪，也没去过海边或者湖边。要是他对飞行感到厌烦了的话就会去，但他并不觉得厌烦。只要没出什么问题，就不用改变，但时不时想一下还是有必要的。

航空公司最近收紧了相关政策，但是，他已经积攒了够自己使用一辈子的免费券。

他吃完了汉堡，用餐巾擦了擦手指，站起身，把包装纸扔进一个垃圾桶。他伸了个懒腰，享受着从高大的窗户外透进来的温暖阳光，观赏着外面巨大的飞机，其中一架马上就要载他去佛罗里达州了。

然而，就在他准备回到座位上的时候，一台突然出现的机器人坐在了那里。

3. 杰里和机器人。

一开始，杰里以为那是一个穿着戏服的人，可能在为多力多滋[1]或者鳄鱼主机[2]拍摄一段热门短片。但是,机器人把关于自己是什么、从哪里来、为什么来这里、到哪里去、要干什么的观念和想法投射到了他的脑子里,消除了原来的错误想法。杰里坐在它旁边,一下子泄了气。

"天啊,我们都要死了。"他嗓音嘶哑。

没有人听到他说的话,因为机器人同时向周围的人群发射了与信号匹配时完全相反的声波,抵消了他的声音。它以类似的方式干扰了众人的视觉神经,使人觉得它并不是一台机器人,而是一个四十岁左右、穿着西装、留着难看恺撒头的男人。它刚到机场的时候,让所有人都看到了自己的原形,但是太多的父母请它跟他们的孩子合照,以至于它耗费了三十五分钟才走进大门。但是,它最终决定把自己展现给杰里,作为双方交流的补充内容。

"别担心,"它说,"也许纳塔尔伯格会付清账单的。"

杰里的视线聚焦在了三英里以外的什么东西上。

"但是账单包括未来一百万年整个太阳系的GDP。"他说。

"确实,"机器人说,向坐在他们对面抱着小女孩的女人点了点头,"但是你以为呢?可以不劳而获吗?"

"当然不是,"杰里说,"但是,天啊。"

---

1. 美国的玉米片品牌,创立于1964年。
2. 美国的虚拟主机供应商,创立于2002年。

"再说了,那之后,你们的世界就没有债务了,你可以想做什么就做什么。那将是怎样一场狂欢派对呀!我迫不及待地想尝一下你们的开胃菜。当然,我只是打个比方。我为这个场合创作了一首诗:'当你呼吸的时候/我想变成你的空气/只要无须穿过你的肺泡/我身上的氧气与红细胞里的铁元素相随/然后被你身体的氧化过程所消耗/我希望自己的代谢物通过你的肾脏排出/穿过腐烂的管道,直至污水处理厂/置于其他龌龊之物中间/我的意思是,我对你怀有强烈的爱慕之情/但是说实话/我不喜欢那些恶心的东西。'你觉得我应该加上韵脚吗?你是不是觉得我不可能单身?杰里,我们都知道,有的女人会被诚实吓跑。"

"但是,那……你不能那么做。"杰里说。

"不能背诗?"

"不,不能杀了所有人。"

"不,我可以。"机器人说,然后它描摹了一个壮观的幻象,向杰里展示怎样通过结合所有的力场来消灭太阳系。

"我相信你能做到,"杰里说,"但这是不道德的。"

"道德,"机器人说,"是被它存在的体系所界定的。不道德现在是新的道德,虽然,'什么什么是新的什么什么'这种说法很有九十年代的风格,这是我在你们的互联网上查到的。"

"但是,你已经坏了,"杰里说,"你本应该去见世界的领袖们。"

"这又是一种原则上的分歧,从我无限的视角出发,是宇宙坏了,而我在把它扶上正轨。"

没有人是自己故事中的反派。杰里曾经在一些航空杂志上读过关于文化相对主义的文章,但他觉得机器人的说辞太牵强了。

"但是,想想所有的生命。"他说。

"我想过,"机器人说,"我检查了所有生命,一直检查到他们的亚亚亚亚原子。我已经完成了。实际上,我检查得比那还细致。这是最符合逻辑的做法,看。"

它把自己的理论投射到杰里的脑子里,展示了一切。它不得不增强杰里的认知能力,以免信息过载,将他的额皮质撕裂成神经元碎片。在某个短暂、闪亮的一瞬间,他比爱因斯坦还聪明五十倍。然后他察觉到,机器人的选择很明显对所有人而言都是最好的。虽然这个选择很疯狂,远远比种族灭绝更恶劣。我可以解释给你听,但是,我们仍然需要面临蜥蜴一样的问题。

杰里坐下来,他感到很难堪,但又很宽慰,他的灵魂被碾压成了纸浆。他原先已经泄气了,现在简直像有人偷了他的风帆,把船体拆了,做成美丽的天然木雕家具,然后放到网上卖,还包邮。但同时,他也知道了应该怎么做,因为在变得无敌聪明的那一瞬间,他想到了一个办法。

"但你还是不明白。"他说。

"胡说,"机器人说,"你知道自己在胡说。你看到了。"

"我通过你看到了,"他说,"但是目光短浅。"

机器人转过身来看着他。

"我可以重组自己脸上的分子,制作一个鼻子,然后哼一声表达我的轻蔑。但这根本就不值得我这么大费周章,你在说什么,目光短浅?我的理解力是无限的。"

"我用错词了,"杰里说,"不是目光短浅,是太泛了,应该用哪个词?"

"蠢蛋?"

"差不多,我的意思是,你是在同一时刻看到万物的,你要把视野缩小才能懂我的意思。在此之前,你的观点都是没有根据的,而这场辩论是我赢了。"

"狡猾。"机器人轻蔑地说,"但是我接你的茬,因为这一点儿也不难,而且想到事后告诉你'我早就说过了',该多么有趣呀。"

接着,机器人就照办了。它成了百分之百的杰里,首先回到了过去,回到了三天前他正坐在飞往弗吉尼亚州的头等舱飞机中的某个时刻,然后它关闭了对所有其他事物的感知。

它以前从来没有过这样的体验,真实感太难以置信了。关掉其他感官和思绪之后,生而为"人"的它专注地从内部强烈地感受到了高级的科林斯皮革。它从座椅的小桌板上拿起一个小塑料杯,里面盛着苏格兰威士忌和一小块正在融化的冰,它的指尖感受到了杯子那光滑的弧状表面,凉丝丝的。它举起酒杯,气流引发的突然颠簸差点让酒洒了出来。它小心地抿了一口,凉爽和温暖的感觉一起冲击着唇齿,向胃部蔓延,喝起来的感觉就像是迈达斯王[1]吐在了一棵橡树上,然后把树用火点着。它从零食架上拿下一包烤面包片。由于所有其他数据信息都被阻隔了,烤面包片尝上去无比香脆可口,就像一个可食用的太阳。它跟邻座的胖男人聊起关于工作培训的事时,甚至眼泛泪光。

突然间,它感受到了自己存在的悲剧性。一个近乎全知全能、不协调的机器人永远不可能真正像人类一样体验世间万物。对人类来说,当下独一无二,调直座椅,锁上小桌板,行李放在头顶的储物柜里或者前排座椅的下面,干扰项微乎其微,世界上百分之百单一的、微小的一面,就在那儿等着你去领略。至少可以说,这种感觉非常愉悦,就像整整一天待在鼓风炉里或者一群八岁小孩之中,尔后跳进凉水里。太放松了。机器人想体会更多。

于是,它用我们无法想象的能力回到了杰里出生的那一刻,然后度过了他的一生,从他在印第安纳州的一家医院出生后的第一次呼吸,到在东得克萨斯州的养老院咽下的最后一

---

[1]. 古希腊神话中的国王。酒神狄奥尼索斯赐予其点石成金的能力后,他最先在一根橡树枝上小试身手。

口气。但是，它没有就此停止。接着，它经历了太阳系过去、现在以及未来所有生物的生命，包括所有的企鹅和西蒙·考威尔[1]，经历了所有的快乐、忧愁、悲伤、胜利，所有的感冒、胃痛、尴尬的晚宴、把妹、做爱、袋鼠的出生、爱、侮辱、赞赏、午觉。所有的法式湿吻、死亡、断臂、后空三连翻、脱毛、所有因为真实或被栽赃的罪名所判处的监禁。一切都是那么的绚烂、美丽、无法言喻的可爱、孤独，又完美。

当一切都完成后，它又回到了杰里登机飞往佛罗里达州之前逗留的候机大厅，坐在他旁边，并且在他脑海里投影了自己所经历的一切。

"所以呢？"杰里说。

"其实，除了可能会让你乱打方向盘引发车祸外，松鼠基本上是无害的生物，没有人会担心在满是松鼠的水域游泳，或者害怕无法熬过松鼠世界末日。"

"不，我是说我们的世界怎么办？"

机器人模拟了一声叹息，以此表达它内心的挣扎："我必须承认，你是对的，"它说，"在生命实现它所有的可能性之前摧毁它，即使只摧毁一个生命，也是灾难性的犯罪。事实上，我想为所有的生命创造一个天堂，让你们死后也能继续在那儿待着。"

---

[1]. 英国唱片制作人、电视制作人，现代流行音乐先河的开创者。

它能做到。它向杰里展现了这么做的方法,然后把他扶起来,给了他一个拥抱。它的举止很笨拙。

"谢谢。"它说。

"没事。"杰里说,拍着它的背,想挣脱开来。

4.再次变回机器人。

还是那只小蜥蜴。它在阳光下晒着太阳,想在黄昏前吸收更多的热量。接着,机器人来了。它在蜥蜴身上投下了阴影,蜥蜴对此的回应就是不为所动。机器人非常理解它,因为已经经历了它的一生,包括这个片刻。

"你好。"它说,然后钻进地里,不见了。

蜥蜴坐在石头上,张望着脑袋的两侧。它的一只眼睛看到了机器人留下来的一张纸片,上面写着:"账单:从时间开始到尽头,创造了地球及周边所有的生命和非生物,比如海绵、大英百科全书、劳伦斯·韦尔克[1]、保罗·普鲁德霍姆[2]、西尔

---

1. 美国当代音乐家、手风琴家、乐队指挥家和电视主持人。
2. 美国著名厨师。

汉·西尔汉[1]、小猫咪、聚碳酸酯、桑威奇伯爵[2]，还有线的费用：无。不客气。"

其实你仔细想想，这挺慷慨的，尤其是考虑到机器人决定在接下来的五十亿年里，专心思考透明胶带。

---

1. 巴勒斯坦人，于1968年6月5日暗杀美国参议员罗伯特·F.肯尼迪。
2. 原名约翰·蒙塔古，英国首位海军大臣。三明治因其得名。

THE DEATH OF CINEMA
by

Xin C. J.　　Hu Xiaoxi

▽

电影之死

辛成江　胡晓曦

辛成江,科幻电影导演。
胡晓曦,科幻电影编剧。

本文为《银河边缘》中文版专发篇目。

"所以你的意思是,让一群素不相识的人,进入一个……这样的大房间,肩并肩地挤在一起,在同一块大屏幕上,看同一条短视频?"

"呃……也不完全是,视频可以再长一些,比如,半个小时以上……"

人群中又发出一阵轻微的笑声。

这是一间极简且富有格调的超大会议室。落地窗外,未来都市的全貌尽收眼底:各款小型载人飞行器有条不紊地无声掠过,形成一道道纵横交错的立体彩色光带。

巨大的会议桌旁,几名俊男靓女饶有兴趣地看着会议桌的另一头。他们有坐有站,穿着不同时代、不同地区的服饰,摆出各式优美的造型,似乎都是从卡通片里走出来的角色。

会议桌另一头的空地上,站着一个拘束的年轻人。时尚的衣着在他身上有种说不出的违和感,就像刚从潮牌店里偷来的一样。

年轻人舔了舔嘴唇,紧张地揉搓着双手。

一位加勒比海盗装扮的青年绅士抚摸着怀里的一只黑脸白身暹罗猫,操着法国南部口音:

"那大家还戴眼镜吗?"

"不戴,直接看大屏幕,裸眼。"

年轻人努力整理情绪,挺了挺胸。

绅士迅速跟对面一位穿着麻布道袍的绝美男子交换了一下

眼神。

美男子一口纯正的上海腔:"那在遇到互动情节点的时候,由谁,来选择哪一条故事线呢?"

年轻人:"嗯……取消互动情节,只保留一条故事线……"

这句话引发了一片骚动,众人纷纷交头接耳。

美男子有些无奈,但还是很有礼貌地笑笑,随即,他整个人的影像闪动几下,凭空消失了。

众人似乎对他的消失毫不介意。

"胡立先生——"

绅士轻轻敲了敲桌面,示意大家安静。

"自从两个世纪以前,卢米埃尔兄弟用胶片拍出第一条无声短视频以来,开普勒人经历了数十次消费迭代,早就习惯了360度视角、可以选择多重剧情的短视频,你现在要求他们坐着不动,去看一条漫长而又没有购物链接,甚至只有一个观察点的长视频,你把它称为……"

绅士转着手指,努力想找出那个单词。

年轻人:"电影。"

"对,电影。"绅士用纯正的法国南部口音重复了一遍,"你让消费者如何去忍受这种……幼儿礼仪课般的煎熬?"

"这更像脱口秀现场,"一位穿着复古JK装[1]的少女纠正

---

1. JK装为日语流行语,意为女子高中生制服。

道,"上百个傻子坐在黑暗里,对着台上的演员发出假笑。那些老梗大家早就听了几百遍,只是出于礼貌或者是收了钱。"

"所以这种娱乐形式在一百年前就绝迹了。"有人小声补充。

"另外,"一个穿着旗袍、身材傲人的兔子人[1]清了清嗓子,用南亚口音的英语问道,"如果有人笑点低,会不会打扰到那些喜欢沉浸式体验的文艺人群呢?"

"喜欢2倍速的还要去等那些喜欢1.75倍速的。"又有人补充道,"坐在靠左的人,跟坐在靠右或者中间的人,空间感受也会有很大的区别。"

"那还有弹幕吗?"JK少女似乎陷入了最后的犹豫。

"技术上,弹幕可以保留,"年轻人似乎有了点自信,"不过为了不干扰其他人,字号会比较小……"

"哈?"JK美少女似乎被这个不可理喻的回答给震惊了。伴随着人群中再次传来的议论声,JK美少女、旗袍兔子人等几个影像陆续闪动着消失了。

年轻人几乎有点面红耳赤,他提高了音量:

"这只是个人娱乐的一种补充,我们并不打算去挑战人们的消费习惯。"

"这样,胡立先生,"绅士再次敲了敲桌面,示意大家安

---

1. 美国著名城市传说的主角。

静,"你的创意点还是不错的,不过,"绅士掏出一块复古怀表看了看,"我和皮埃尔还有另一个会,回头再找时间联系你。谢谢你精彩的推销,再见!"

绅士和另外两个人一起消失了,会议室里只剩下一位衣着普通的中年妇人坐在一角,跟年轻人隔着长长的会议桌四目相对,气氛一时有点尴尬。

似乎为了打破这种尴尬,妇人犹豫了一下,礼貌地朝年轻人笑了笑。"胡立先生,我能问个问题吗?"她操着德州口音的美式英语。

年轻人也赶紧露出礼貌的笑容:"您请讲。"

妇人从一个兜里掏出一副样式保守的老花眼镜戴上,又从另一个兜里掏出一张小纸条,仔细辨认着上面的小字:"你刚才说的那个男孩子,他后来有没有在黑暗里,悄悄牵住那个女孩子的手?"

"嗯……"年轻人犹豫了一下,还是鼓起了勇气,"有。那个男孩子,后来在黑暗里悄悄牵住了那个女孩子的手,那个女孩子也没有把手缩回去。"

妇人取下眼镜,露出一丝开心的笑容。她把眼镜和纸条都小心地揣回兜里。

"好,好……这样……我还有一点退休金,本来想去开普勒12做一次临终旅行,但你也知道,最近那里的原住民在闹独立,所以,如果你不介意数额小的话……"

年轻人眨眨眼,张大了嘴。

在一个不大的房间里,一位穿着T恤的中年人——胡立摘下头上的VR眼镜,长长地舒了一口气。

房里的家居陈设非常简洁,甚至可以用"家徒四壁"来形容,当然,为数不多的几件家具都呈现出一种我们这个时代不具备的科技和设计感。一幅少女的画像挂在显眼的位置上,里面的少女正坐着看向画外,似乎那里有什么东西吸引着她。

胡立看着画像,双手握拳在胸前晃动了一下以示庆贺。然后,他如释重负地一屁股瘫进了身后的沙发里。

他用力地揉按着太阳穴,闭上眼,陷入沉思。

当画面再次亮起时,我们看到的还是闭着眼的胡立,但这时的他已是满脸皱纹,白发苍苍。

老年胡立突然睁开眼,似乎被某个声音惊醒,他警觉地从沙发里坐起来,四下搜寻着声音的来源。

四周,还是那个家徒四壁的小房间,陈设也没有什么变化,只是更陈旧杂乱了一些。

老年胡立的视线停留在窗玻璃的一角。

那里,有一只甲虫在窗外的夜色中飞舞。可能是受到了房里灯光的吸引,它反复撞击着玻璃,发出轻微的砰砰声。

老年胡立走向玻璃,抬头观察着跟他一窗之隔的甲虫。

老年胡立在镜子前穿好外套,把拉链一直拉到下巴,他走到门口,伸手摘下挂在墙上的一只全防护面罩。

这是一座灯火辉煌的未来大都市,飞行汽车就像蜂群一样有序地在高楼大厦间穿行。

戴着全防护面罩的老年胡立想要穿过一条小街。一辆飞行汽车闪着大灯,几乎是贴着鼻子掠过,强大的气流差点让他摔倒,他赶紧按住面罩和衣角。

街角一栋建筑的立面上,层层叠叠地架设着"扬州搓脸""电子脑换水""泰空人寿"等各种灯光招牌,垃圾桶上的"元宇宙"标志被荧光涂鸦颜料篡改成了"日元宇宙"。

老年胡立在层层招牌中找到了几个晦暗的小字:胡立电影院。

老年胡立走进一条阴暗的楼道,摘下面罩。一位正在打扫清洁的老人看着他,露出一种似曾相识却又想不起来是谁的困惑表情。

通道尽头有一扇小门。老年胡立来到门前,听见门后传来阵阵笑声和掌声。

犹豫了一下,他轻轻推开了小门。

不大的电影放映厅里,满满坐着好几十个人。银幕前狭窄的舞台上,几个年轻人排成一排正在向观众席鞠躬致谢,他们身后的银幕上,还隐约滚动着鸣谢字幕。

中间有个小个子青年显得特别活跃,等掌声结束后,他向前跨出半步。

"谢谢大家,真的。"青年收回笑容,正色道,"最后,我还想感谢一个人。"

他环视了一下不大的放映厅。

"三十年前,他克服重重困难,修建了这个被称为'电影院'的地方,让我们能从四面八方赶来,脱下眼镜,挤在一起,在同一块二维屏幕上观看这种不能快进、不能发送弹幕,甚至不能选择故事线的长视频作品——电影。

"我们进入同一个故事,在同一种声音和气味里,一起哭,一起笑,一起吐槽,甚至一起打架……"

观众席传来善意的笑声。

"这让我们这样的视频制作者觉得,工作有了另一层的意义。

"我不知道这个意义是什么,但它让我感到温暖。

"所以,虽然没有见过这个人,但我希望各位能把掌声送给这位'电影院'的设计者和建设者——胡立先生,向他致以衷心的感谢,谢谢!"

观众们随着话音一起站了起来,热烈的掌声经久不息。

只有后排靠边的一个男孩和一个女孩没有鼓掌。

胡立看见,那个男孩悄悄握住了那个女孩的手,那个女孩也没有把手抽回去。

DIG
by
Tina Gower

▽

掘金者

［美］蒂娜·高尔 著 / 肖承捷 译

蒂娜·高尔，美国科幻作家，凭借小说《十二秒》获得2013年"未来作家大赛"金奖，并于同年获得推理悬疑类奖项"达夫妮·杜穆里埃奖"。

Copyright © 2013 by Tina Gower

挖掘区567B8的记忆芯片现已修复。

DNA匹配结果：梅森·艾伯纳，契约劳工。

哈登看上去摇摇欲倒。他瘦得皮包骨，但要我分他点吃的，除非活见鬼。

我撕下一大块面包，从洞穴角落打量哈登。这里的空气很稀薄，甚至比卫星表面还要稀薄。哈登的氧气罩老爱从鼻梁滑下，每次扶正之前，他都会发出窒息般的呼吸声。我告诉自己，不过是灯光和阴影让人看上去很瘦而已，我可没有理由非帮他不可。

后来，特尔扔过去一小片脏兮兮的橙子，哈登用颤抖的手接住了。莫斯用手肘轻推哈登，把自己的水壶斜过去喂他。然后，特尔和莫斯一起转过来看着我。哈？这算啥？想用同袍之情向我施压？

我任最后一块面包掉在地上。"现在这样可不好。" 我说着，把装备都卷起来背到肩上。如果哈登太虚弱，无法工作，我们就无法找到那个大犒赏。

我没去看哈登是不是在找那块掉在地上的面包。天知道他为什么不吃自己带的补给？他应该还有很多。

队友们都避开我的目光，难道他们真的相信如果之前听哈登的，我们现在就已经出去了吗？我甩甩头，把这个问题抛诸脑后。

我的工作可不是为最新的戏剧冲突烦恼。我的本职是挖掘。所以我就继续挖。

哈登的呼吸声就在我耳边,紧绷而尖锐。我忍不住抓紧斧头,指节都发白了。"哈登,你非得站这么近吗?"我问他,"我都听不见自己的想法了。"我指着植入记忆芯片处的伤疤说。

"好吧。"他说道,视线落在我的伤疤上,"我们的小黑匣子。"

我拿起一块质地疏松的原石,把其中的尤碉[1]矿石剔出来。面皮下垂的外星人非常喜欢这种石头,甚至乐意用飞船、武器和知识同人类交易。他们无法自己开采这种矿石:矿井下的空气对他们不利。

哈登拖着脚走了几步,然后说了句什么,我没听清。

"再说一遍?"我说道,但其实并不关心他说了什么。

"我刚才在说我的补给,"他用一种浮夸的腔调说道,"足够维持到我们所有人坐上穿梭机回家,甚至包括你,梅森,只要我们能找到出去的路。就是这样。"

一大堆石头滚到洞穴地面,我捡起来用刷子扫去表面的尘土。如果看见属于尤碉矿石的黄绿色脉络,我就把它扔进桶里。

---

1. 作者杜撰的一种矿石。

"我们没迷路,哈登。"我说道,因为知道他不会放过这个话题。但谈论这件事只会刺激其他人,所以我用对自己最有效的方式尽量保持平静:继续挖。"再说,我们到哪里去找穿梭机?你觉得这儿会有站点吗?除非我们赚到大钱,你必须像其他人那样努力工作才能挣到自己的回程票。"我指着那个桶,"装满。等从这儿出去,我们将满载而归。"

"如果当初走左边,我们根本不会迷路。"哈登用比呼吸声还轻的音量嘟囔着,我假装没听见。他极不情愿地拖着步子走过去,开始干自己那份工。

我们又遇上一堵巨石墙。直觉告诉我,这里本来有一个通向地面的出口,只是被堵住了。

"这毫无意义。"特尔怒气冲冲地踹翻了装满尤硐矿石的机械推车。暗淡的头灯下,滚落在地的矿石闪耀着黄绿色的光芒。"我可不会再拖这个破轮车走一步!这完全是在浪费我的氧气。"

哈登跌跌撞撞地去扶推车,但即使在低重力环境下,他使出吃奶的力气才拖动分毫,莫斯见状走过去帮忙。

特尔抓了抓油腻的头发,脸上沾满了橙色的污垢,"我永远都没法儿离开这里。就因为你那些破石头!"

哈登和莫斯正忙着把黄绿色的矿石扔回推车的铲斗,全然顾不上搭理他。

"别管石头了。"我说道。

两人惊讶地眨着眼,仿佛我发了疯。

我永远不会丢下矿石。矿石就是金钱。

特尔走开了,虽然在这下面走再远也出不去。我见过类似的情况,有些挖掘工会崩溃的。特尔和我一样有丰富的挖矿经验,却也未能幸免。即便再怎么解释,也无法让他们相信我们并没迷路。

"等找到出口,我们会再回来运这些石头。"我补充道,但为时已晚。他们眼中的光更加黯淡了。"把水袋和设备都放进机械推车——也许能为我们节省一点力气。接下来,我们轮流推车,这样可以节约氧气。"

莫斯一边用手掌抚平睡垫上的褶皱,一边说:"等找到出口,我就和哈登一起离开。我受够了没完没了的隧道和塌方。"

"我们这辈子都在挖矿。如果不挖了,你觉得自己还能做什么?"说着,我的眼皮耷拉下来,就像挂着石头般沉重。

我们无法判断时间,只是不停地挖,饿了就吃,累了就睡。这是我经历过的最漫长、最煎熬的挖掘,甚至比迷路那次还难熬。

莫斯双臂环胸,看着空洞漆黑的洞顶,"我们这次在下面待了多久了?我甚至开始怀念那些白色的藤花。还要多少年我们在这儿才能不戴面罩呼吸?"

我对地球化改造的了解有限,所以忽略了这个问题,而是回答那个容易的:"不用担心,莫斯。我知道路。"我一副胸有成竹的模样。只要能让他们有信心,就不会轻易陷入恐慌,"我父亲一辈子都在挖矿,他从没迷过路,而且他把所有诀窍都教给了我。"

"这就是你对哈登发火的原因?"莫斯说道,"他伤了你的自尊?哈登提议我们向左走,而你说向右。结果我们现在迷路了。"

我用最凶狠的目光瞪着莫斯。他这样说差不多是在造反,他很清楚这一点。

"哎呀,哎呀,梅森,我们当时选择跟着你走了,所以我们现在都得为此付出代价。"莫斯说着,向我伸出手来,仿佛我是一头被逼到角落的困兽。

"我,才是老板。我们迷路了,这是我的责任。就算哈登当时要我们原路返回,现在的情况也一样。"我虽这么说,但对自己的怀疑就像迷雾般在心中弥漫开来。

"随你怎么说,无所谓。等找到出口,我就会离开。"莫斯说道,"我想要一个家,我已经等得够久了。"

我在垫子上躺下,翻身背对莫斯,"特尔呢?"我冲着坑坑洼洼的土墙问道。对着莫斯问这句话会很奇怪,就像我急需某种认同似的。

他的沉默让我心中一沉:他不知道该如何开口。我的队友都想放弃挖掘。他们不再像我一样坚信会在这里获得大犒赏,对我的直觉已经失去了信心。

"他也一样。"过了一会儿,莫斯说道,"是时候向前走了。挖掘工只会越来越多,但还能开采的矿坑已经不多了。我们在这块挖掘区工作了十年,仍然没有什么大犒赏。你多久没听说过有哪支挖掘队因挖到大犒赏而退役了?"他停顿了一下,似乎在等他的话渗透进我的心里,"得关注其他机会了。放弃吧,梅森,是时候向前走了。"

我打了个哈欠,揉了揉眼睛。的确,从站点传来的好消息越来越少、越来越慢,虽然大多数挖掘队都没有入不敷出,但也没多少队伍赚到大钱。"会有更多矿区的。他们会在其他行星、卫星或小行星上发现更多的矿区,总会有新的发现。"

"那我们要到什么时候才能驻扎到别的地方?"他问道,"我们队几乎就要付不出薪水了。还要多久他们就会报告我们队已经死亡?"

沉重的脚步声提醒我,擅离职守的特尔终于回来了。

"我们还没死呢。"我低声道,"别再敲丧钟了。"

莫斯没再说什么。只剩下特尔脚踩沙砾的声音和呼吸声。我听着他们躺下的声音,然后是彻底的安静,直到听见磨牙的咯吱声和急促的呼吸声,我才靠过去帮哈登调整呼吸面罩。

我无法入睡,只是躺在那儿,看着灯光和阴影,思考关于挖掘、关于离开、关于家庭的心事。

当到达下一个岔路口时，我让莫斯用矿石摆成箭头做标记。我们又徒步了几个小时，然后再次看到那个标记：这个隧道就是个大圆圈。

"你是故意的！"特尔叫道。他把做标记的矿石一脚踢开，转向其他人，"他希望我们一起留在这里，找到他所谓的大犒赏。他知道哈登会说服我们离开，所以现在就把我们全部困在这里。"

"好好想想吧。"我说道，伸出手，像探向一只受惊炸毛的动物，"昨天之前，我根本不知道哈登和其他人会离开。你认为我想死吗？"

"你宁愿死也不会放弃挖掘。" 特尔说道。

"这倒是真的。"哈登表示同意。这让特尔更愤怒了，而我也比以往更加痛恨哈登。

"你个小兔崽子……"我几乎是在咆哮，但及时忍住了咒骂，那或许正合他意。我抹去脸上的怒色，"哈登，你是想当领队吗？质疑我的每一个决定算不了什么，想让我服气，有本事就提出个解决方案来。"

"那你就会同意吗？"特尔挑衅道。

我模仿哈登的样子靠在洞壁上，双腿交叉。我也能做出这种自命不凡的搞怪样儿，"我会服从哈登提出的任何方案。"

哈登抱着手臂，但肩膀已经向前塌下来，眼神也躲着我，如同夹着尾巴的小动物,"你才是老板。"哈登说道。

特尔像举着武器似的抓着块尖利的石头。"我要你回答,你是故意把我们困在这儿的吗?要拿我们的命换取犒赏?"他每提出一个新指控,都用武器向我戳一下,"来啊!承认吧!"

"你是在浪费氧气,特尔。"

"承认吧!"他叫得更大声了,嗓音都劈开了,像破裂的哨子般发出刺耳的尖叫。

"我不会把时间浪费在这上面。"我说道。我虽然没有小孩,但我知道,每当父亲认为争吵没有成效时,就会转移话题。我在地上画了幅地图,"我们现在已经知道,左手边的隧道在三英里后分岔,两条岔道都是死路。"莫斯和哈登都爬过来看地图。特尔仍站在两步之外,但目光牢牢聚焦在我的草图上:转移话题起作用了。"这一端是个圆圈。"我指向另外两条隧道,"还有两条路可以试试看。"

"在那之前,我们的氧气就会耗尽。"莫斯说道。他失去了最后一点耐心,"如果另外两条路塌方了,我们就没时间了。"

我们都看向地面,因为看着对方就像看着幽灵。

我会把他们都带出去,包括哈登。莫斯是好人。特尔暴躁易怒,且很容易受到暗示——但如果我把他们都救出去,他们就会意识到我们是一个团队。我不能眼看着自己的队员死去。

哈登坐在地上翻背包,然后拿出根营养棒大嚼起来。我们都瞪着他。"好吧。"他耸耸肩,"我可不想死的时候,袋子还装满了补给。至少现在还能饱餐一顿。"他把几根营养棒分给大家。特尔像饿鬼似的撕开自己那份,莫斯则放进了口袋。我没有碰给我的那份,就让它留在地上。

"我们不会死。我们还有选择。"他们都看着我,我把挖掘工具从腰带上解下来,"我们继续挖。"

考虑到此刻器械有限,我们决定先爬到最高处,再开始挖。除了我自己的挖掘声,我只听到另两个叮当作响的声音。于是我回头瞄了一眼,发现特尔不见了。我从石墙上爬下来,跟着他走下洞穴,准备给他一顿痛打——我从来不会善待逃兵。

结果,特尔突然在隧道中央昏厥了过去,我差点被绊倒在地。我抓起特尔的头发,把他的头抬起来:他翻着白眼,嘴唇发紫。傻瓜,居然让自己的水箱空着。我从自己的水箱里倒了些过去,调整了他的输氧管。过了一会儿,他缓过来了。

他大口喘着气,"扔下我吧,就像扔下矿石那样。我现在对你来说已经没有价值了。"

"白痴。"

我把他扛到肩上,然后去和其他人会合。

哈登瞪大了眼睛。

莫斯暴躁起来:"我们死定了。如果只能靠水制氧,我们的水袋根本维持不了多久。"

"嗯,洞里的氧气已经耗尽了。"我把推车里的水袋拿了出来，派发给大家,"填满水箱,然后切换成制氧模式。"

"饮用水怎么办?"哈登问。

"留一天的量。"我厉声说道。

莫斯点点头,但我俩都知道,根本不会留下够用一天的饮用水。几个小时后,我们的水就会变成氧气消耗殆尽。

趁没人注意,我把自己大部分的饮用水倒进了他们的水箱。我可不会让哈登那么快享受到死亡的愉悦,并把一切怪罪到我的头上。

我们尽可能地支撑好石墙,只把多余的石头拖走。我决定向上挖,地表一定不远。我记得矿洞入口还有天窗。我想象自己是个工匠,正在修建通往天空的窗户。岩石在我身边滚落,我停下来一看,队员们都已精疲力尽,放弃了挣扎。

在塌陷的石墙顶端,我忍不住用拳头砸向矿石。那些散发着黄绿色光芒的石头,曾经能让我看到金钱,而现在,我只能看到自己的过错。如果当初我选择向右转,也许我们现在已经出去了。

不,我停下脑子里的思绪,怒视着哈登。我只不过希望队员们能团结在一起,但我也明白,我不可能让他们放弃自己的梦想。

我的眼前出现了重影,视野边缘变得模糊不清。金色的光芒灼伤了我的眼睛,一条长长的黄绿色矿脉在头顶上方延伸开去,足够支付一支挖掘队一整年的薪水。看来,我已经找到了传说中的大犒赏。

我用力向上方砸去,却失去了平衡,随即向后跌倒、坠落,一路滑到洞穴底部。他们大叫着,向我这边爬过来。

眼前出现了一线光明,我想:这就是了,这是来自天堂的光,而我正走向死亡。我唯一的遗憾就是,没能把队员救出去。我的腿动不了了。没关系,我想着,然后闭上眼睛。天使会带我走。

"梅森!"有人握住我的手,"坚持住!特尔正在把出口砸开。"

我抬起眼皮,发现那一线光芒并非通往天堂,而是通向地表的出口。上方莫斯的脸开始变得模糊。

我低头看着自己的身体,被黄绿色的矿石堆牢牢压着:"我的腿动不了。"哈登正在拼了命地挖、刨、搬开石头,我从没见过他动作这么快。

洞变得越来越宽,现在已经足够让一个成年男子通过。我的氧气快要耗尽了,估计莫斯和哈登的氧气也会在把我从石堆下搬出前就用光。如果他们现在救我,最终让我们全都死在这里,那么这种努力就毫无意义。

"我出不去了。"我尽最大努力才说出这句话。没时间了,即使洞已经够大,他们仍需找到水或氧气来维持我的呼吸,然而我们都不清楚补给站离这儿有多远。

"快走!"我把最后一点空气从肺里挤出来,努力发出声音。"家。"我试着提醒莫斯,他应该带上些矿石,那会是一大笔钱,这样就可以离开这颗卫星,建立他梦想的家庭。

"我们就是家人。"他点点头,抓紧我的手,"别担心,我已经想好了,我们可能无法救你出去,但我不会抛下你。"他示意哈登停下来,哈登过来蹲在我身边,握着我的另一只手。特尔毫无疑问已经钻出了那个洞,他正在外面大口吸着地表稀薄的空气。

我注视着那个洞口,盯着那一线光芒,直到它占据我全部的视线。特尔探出头来喊话,让他们继续挖,把我运出去,地表有可以呼吸的空气。现在我知道了,特尔也不会扔下我的。我眼前一黑,只能听见挖掘的声音。我伸出颤抖的手,努力刨开碎石。我从小就知道,我会一直挖,挖到死,挖到生命的终结。

他们的人生也许有别的目标,而我呢?我只为挖掘而生……

THE PRO

by

Edmond Hamilton

▽

个中老手

[美]埃德蒙·汉密尔顿 著 / 由美 译

埃德蒙·汉密尔顿，美国科幻小说领域的伟大先驱者之一。他的长篇作品有《未来船长》系列小说17部，《星际巡逻》系列小说7部，《星之狼》系列小说3部，《星之王》系列小说3部，以及十余部非系列长篇小说。此外，他还出版了9部短篇集。20世纪40年代，他还为《超人》和《蝙蝠侠》漫画编写过故事。他和夫人、科幻作家利·布拉克特同为1964年世界科幻大会的荣誉嘉宾。

Copyright © 1964 by Mercury Publications, Inc.

火箭高高地矗立在那儿，异常壮观。它暂时被固定在塔架的护臂之间，但它等待着，仰望天空，等待着……

见鬼了，伯内特想，为什么当我看着这枚真实的火箭时，还非要琢磨小说里虚构的话语？

"那东西一定让你觉得毛骨悚然吧。"丹恩说道。

"上帝啊，没错。"伯内特耸耸肩，似笑非笑，"我觉得吓人，也很骄傲。我发明了那个东西。三十年前的八月，在我的《星之梦》小说里，我设计了它、建造了它、发射了它，还让它登上了火星。老杂志《奇异故事》买下了它，一个单词一美分。"

"太可惜了，你没为它申请专利。"

"那你应该高兴才对，"伯内特说，"你就要驾驶着它飞向太空了。我的'星之梦号'比这枚更漂亮，但关于内部结构，我只写了短短两个自然段。"他停下来，缓缓点头，"不过在那种情况下，这样做挺合适的。就是那张《星之梦》的稿费支票，总共四百美元，给了我向你妈妈求婚的勇气。"

他看着自己的儿子，这个瘦瘦的孩子，看起来很年轻的脸上挂着安静的微笑。他现在可以承认，他对丹恩在体格方面像他母亲感到失望。伯内特本人是个大块头，头大、手大、肩膀厚实，与他相比，丹恩总是显得矮小，几乎可以说是脆弱。现在，丹恩通过了所有那些压力、眩晕、海拔测试，经受住了钢制箱和离心机的各种折磨。伯内特怀疑，即使在自己身体最棒的壮年,他恐怕也经受不住这种折腾。眼前,穿着晒褪色的卡其裤的儿子仍像玫瑰一样绽放着。他被一种不习惯的、略带尴尬的暖意包围了。

"不管怎样,你都不可能坐着它去火星。"伯内特说道。丹恩笑了,"这趟不行。能登上月球我们就很开心了。"

他们穿过被烈日晒得起泡的发射坪,背对着火箭向前走着。伯内特感到奇怪,好像他所有的感觉神经末梢都被砂纸抛光过,以至于最轻微的刺激都会让他颤抖。阳光从来没这么强烈过,他也从来没有如此清晰地意识到自己的皮肤在刺痛,甚至还能闻到干净的棉布衣衫被汗水浸湿而散发出的熟悉气味。他感觉到脚下有从沙漠中被风刮出的沙砾,意识到儿子离自己很近,就走在自己身旁……

还不够近。永远都不够近。

奇怪的是,伯内特想,直到这一刻他才意识到自己和儿子并不亲密。

为什么?为什么不是其他时候,为什么是现在?

父子俩结伴走在阳光下,而伯内特的头脑在不停地运转。那是饱经训练和磨砺的作家的头脑,在打字机前敲打了大约三十年,过着永不安定的生活。那是永远无法彻底被个人境遇吞没的头脑,必须总在某种程度上保持独立、理性和冷静。作家伯内特审视着男人伯内特,仿佛他是故事中的一个角色。动机呢,伙计?没有动机的情绪是不真实的,而现在,你的情绪不仅没有动机,而且还自相矛盾。这不是你的性格。人们似乎常常前后矛盾,但其实并不是这样。他们做任何事情背后都有原因,即便他们自己不知道,即便没有人知道。所以,你的动机是什么呢,伯内特?诚实一点儿,现在就说出来吧。如果你不能诚实地面对自己,这整件事儿,这个男人或这个角色就泡汤啦。

为什么这位显然非常幸福又满足的年轻人,让我产生了一种突如其来的心痛感?像是缺了点什么,像是还有好多说不清的事情没来得及做。

因为,伯内特想,这是因为……

热浪在晃动闪烁着,沙子、发射管制台和远处建筑物明晃晃的白色让眼睛疼得难以承受。

"爸,怎么了?"丹恩问道,声音尖锐而遥远。

"没什么,就是光——太晃眼了……"现在,他那高大僵硬的身体上出了一层冷汗,他体内涌出一股泛着寒意的邪念。好吧,他想,见鬼,当然是这样。我在害怕,我在想……继续,把那个念头拽出来吧,让它躲藏在黑暗里没有什么好处。我在想,过不了几个小时,我的儿子就会爬进后面那个迷人又恐怖的东西里。有人会把他关在里面,关好舱口,然后走开。另一些人会按下按钮,点燃那庞然大物尾巴里的地狱之火,它有可能会,很可能……

总还有逃生塔。

当然有。

不管怎样,现在你知道了,这就是世上最简单的动机。缺了点什么的感觉不是来自过去,而是在担心未来。

"有时候这里的阳光很强烈。"丹恩说,"也许你应该戴顶帽子。"

伯内特大笑起来,摘下墨镜,擦去眼睛里的汗水。"别现在就小瞧我这个老头子。我还是能把你劈成两半的。"他又戴上墨镜,坚定而利索地大步走在丹恩身边。在他们身后,火箭昂首挺胸地站立着。

在宇航员宿舍的公共休息室里,他们见到了其他人:将和丹恩一起执行任务的桑茨,替补队员克莱德,还有另外三四个人。其他人员已经前往全球跟踪站,届时,他们将在那里关注这趟飞行的一举一动。这些宇航员的体型都和丹恩差不多,像是同一个模子刻出来的,伯内特想,这不算坏,一点儿也不坏。他们大多数人都去伯内特家做过客,其中三个人甚至在见到他和丹恩之前就读过他写的小说。当然,现在他们都读过了。团队中有一个出类拔萃的男孩,父亲还是科幻小说作家,这似乎让他们很高兴。伯内特知道男孩们之间肯定有许多关于自己的私人玩笑,但他们仍愉快地和他打招呼,他也因此倍感愉悦,因为他需要分散注意力,以忘掉自己内心的寒意。

"嘿!"他们说道,"老专家自己也来啦。你好啊,吉姆,最近怎么样?"

"我来这一趟,"他告诉他们,"是要确保你们一切都照着我写的来做。"

他们咧嘴笑了。"好吧,那么您这位老手觉得我们做得怎么样?"克莱德问道。

伯内特撇撇嘴,一副公正严明的样子:"还不错,就是有一个小细节不到位。"

"什么细节?"

"火箭上的标志。你们应该用鲜艳的红色和黄色把标志涂得更亮,这样它们衬着深邃、黑暗、天鹅绒般星光点点的太空,才够显眼。"

桑茨说道:"我原来有个更好的主意,我想要求上头把火箭涂成黑色天鹅绒底上有星光的样子,这样等我们经过时,空间站里的朋友们就看不见我们了。但将军们只是用滑稽的眼神看着我们。"

"那群没文化的,那些可是我的航天启蒙读物。"一个神情严肃的高个子年轻人说道。他叫马丁,是那三个早就读过伯内特小说的人之一。这番话并没有让伯内特万分欣喜,他反倒觉得自己已经老掉牙了。

"可不是嘛,"克莱德接过话茬,"我怀疑他们是不是从来没看过《惊奇队长》。"

"这是华盛顿很多高层的通病。"费舍尔附和道。他长了一张圆脸,晒得黝黑,总是兴高采烈的。伯内特的小说也是他的航天启蒙。"他们小时候,除了《比利队长的飞天霹雳》杂志,大概什么书也没读过。所以他们才总是提出'为什么要把人送上月球'之类的问题。"

"哦,"伯内特回应道,"这也不是什么新鲜事。当年人们也对哥伦布说了类似的话。所幸,总是有些执拗的傻瓜听不进劝。"

克莱德举起了右手:"大家同为傻瓜,我向你们致敬。"

伯内特大笑起来。他现在觉得好点儿了。因为他们是如此放松,毫不担心,这让他也放松下来。

"别跟我耍嘴皮子,"他说,"我写了太多你们这样的角色。当你们还在婴儿床上流口水的时候,我写东西辛苦赚钱养活自己,就用手中的笔墨把你们创造了出来。可你们做了什么,你们这些忘恩负义的小混蛋?你们从故事里钻出来,变成真的了。"

"你现在忙什么呢?"马丁问道,"你要写《千阳之子》的续作吗?那是个很棒的故事。"

"看情况吧,"伯内特说,"如果你们能保证离武仙座星系团远一点儿,直到我把书写完……"他数着手指,"连载、精装、平装……至少三年。你们能做到吗?"

"看在你的面子上,吉姆,"费舍尔说,"我们会克制自己的。"

"好吧,但我告诉你们,这一点儿也不好笑。那些探测器正绕着火星和金星窥视,把它们了解到的一切喋喋不休地告诉地球。有些脑子灵光的科学家,每天都在灵能学、低温物理学或超光速引擎方面取得新突破。科幻小说越来越不好写了。如今,我必须知道自己写的是什么,而不仅仅是阐述理论,或者凭空捏造一些东西。现在,我自己的孩子要去月球了,等他回来就可以告诉我月球的真实面目,而且还会有十几个我写不出来的故事。"

聊天,只管聊天,聊天和那一张张热忱的、咧着嘴笑的年轻脸庞对他有好处,他内心的寒意消失了……

"要有信念,爸,"丹恩说,"我会在月球的山洞里给你找点儿东西的。一座死城,或者至少是一座废弃的星系前哨站。"

"那当然了,怎么能失去信念呢?"伯内特说道,"其他事儿我可是都说中了。"

他朝他们咧嘴一笑:"我要告诉你们,以写科幻小说为生不容易,但我很高兴自己有机会看到一切都成真了,有机会看到当年嘲笑科幻小说是'幼稚的胡言乱语'的人现在是如何看待它的。当第一颗人造卫星'斯普特尼克一号'升空时,他们的小脸上露出了茫然而震惊的表情,当他们逐渐意识到地球外面还有巨大的空间时,一种可爱的恐惧感又悄悄爬上了他们心头……"

现在他不仅是在闲谈,还感到一阵兴奋和自豪,他的亲生骨肉正是这未来的参与者,而未来如此突然地变成了现在。

他们又聊了几句,然后到了该走的时候了。他若无其事地和丹恩说再见,好像儿子只是要搭飞机从克利夫兰去匹兹堡一样,然后他就离开了。只有那么片刻,当他回头望向火箭的时候,火箭已经离他非常遥远,仿佛一根白色的手指指向天空。他的肠子又一次因恐惧扭作一团。

当晚,伯内特飞回了位于俄亥俄州中部的卡特斯堡。他和妻子聊天到很晚都没睡,告诉她丹恩的情况,儿子看起来什么样儿,儿子说了些什么,以及他理解中的丹恩的真实感受。

"儿子高兴得就像涨潮时的蛤蜊一样,"他告诉妻子,"你应该和我一起去的,塞莉。我早跟你说了。"

"不,我不想去。"她说道。

她的脸和丹恩一样平静而放松,但她的声音里出现了一丝颤音,令伯内特不由地伸出双臂搂住她,亲吻她。

"别担心,亲爱的。丹恩都不担心,他可是真要上天的那个。"

"没错,"她说,"就是因为他要上天。"

伯内特又多喝了一两杯酒,想让自己能睡一会儿。即使这样,他也没睡好。第二天早上,记者们来了。

伯内特开始不喜欢记者了。记者中有些很友好,有些只是在工作,但还有些人……尤其是那些认为科幻小说家生了个宇航员是件趣事的人。

"告诉我,伯内特先生,当你第一次开始写科幻小说的时候，你真的相信这一切都会成真吗？"

"这个问题不太准确，不是吗？"伯内特说，"如果你的意思是，我是否认为太空旅行能成真……是的，我相信。"

"我读了一些你早期创作的故事，好不容易弄到了那些旧杂志……"

"你真厉害。有些旧杂志的售价几乎和我当时的稿费一样高。问吧。"

"好吧，伯内特先生，我发现不仅在你的小说中，而且在几乎所有的科幻小说里，都展现出对太空旅行的某种信念，我被震撼到了。告诉我，你认为你们写的这些科幻小说推动了太空旅行的实现吗？"

伯内特哼了一声："让咱们面对现实吧。火箭之所以现在发射，而不是一个世纪后发射，主要原因是两个超级大国都担心被对方占了先机。"

"但你感觉到科幻小说确实起了一些作用，是吗？"

"这个嘛……"伯内特说，"你可以说，科幻鼓舞了非正统的思维，给大众为即将到来的火箭发射做了一些心理准备。"

记者终于达到了目的，并得意扬扬地抓住了这个机会，"所以，我们可以说，你多年前写的那些小说，在一定程度上导致了你的儿子要登上月球？"

伯内特明显感到那股寒意又回来了。他直截了当地回答道："如果你想从某种感伤的、带人情味的角度来报道登月，那我要说,这并不是事实。"

记者笑了:"得了吧,伯内特先生,你的小说肯定对丹恩的职业选择有一定的影响。我是说,他从小到大都在接触这些故事,读这些故事,听你说这些事儿……这一切不都会促使他走上这条道路吗?"

"不会,并不是这样。"伯内特说着,推开了家门,"失陪了,现在我还有很多工作要做。"

他关上门,上了锁。为了避开这一切,塞莉出门去了,房子里静悄悄的。他穿过房间走到后花园,站在那儿,抽着烟,使劲盯着一些红色的花儿看,直到手不再发抖。

"好啦,"他大声对自己说道,"忘了这事儿吧。"

他回到屋里,回到自己的工作室——他从来不把它叫作书房,因为他不在里面看书,他只是写作——关上门,坐在打字机前。机器里有打了半页的纸,旁边还有六页,那是《千阳之子》续作还未完成的第一章,他摸索着写了很多,上面有很多涂改之处。他重读了最后一页和打字机上的那半页,然后把手放到键盘上。

许久之后,他长叹了一口气,然后开始近乎机械地敲击键盘。

后来塞莉进来了,发现他就坐在那儿。他已经从打字机里取出了那一页,但并没有再放另一张纸进去,他只是坐在那里。

"遇到麻烦了?"塞莉问道。

"没什么,就是好像写不下去了。"

她轻柔地摇着他的肩膀,"出来喝一杯,然后咱们离开这个鬼地方,到外面待一会儿。"

她不常这样说话。他点了点头,站起身。"开车去乡下兜风可能对咱们有好处。今晚还可以去看电影。"干什么都行,只要能让咱们忘记那件事——如果天气合适,明天早上就发射。丹恩已经从我们的掌握中溜出,在火箭发射的最后阶段,他独自待在一个陌生的、与外界隔离的空间中。

"是我把他推上这条路的吗?"他突然问道,"我这么干过吗,塞莉?"

她吃惊地看着丈夫,然后果断地摇了摇头,"不,吉姆,你从来没逼过他。他天生就是当宇航员的料。所以,忘了这事儿吧。"

是啊。忘了吧。

但是,丹恩的确在年幼时就拓展了视野。谁知道是在哪一刻,他无意之中就在儿子心头埋下了种子。可能只是一个他早就忘却的单词,当时写下来只能换两美分、一美分甚至半美分。也许就是那个单词,迂回曲折地带领男孩走向了冲天火箭上的那间钢铁小屋?

你最好也忘了这事儿吧,因为你已做不了什么了。

他们开车在乡下兜风,吃了点儿东西,然后去看电影,之后就没什么事可做了,只好回家睡觉。总之,塞莉是上床了,但伯内特不知道她睡着了没有。他自己没去睡,而是独自坐在工作室里,陪伴他的唯有打字机和一瓶酒。

工作室四周的墙上挂着装裱好的原画,都是他小说的封面图和书中的插画。其中有一幅就是《星之梦》的插画,那是一篇在丹恩出生很久之前就完成的作品。画面上是一枚漂亮的白色火箭在太空中飞行,背景里是火星。那些画作下面是一排排书架,上面摆满了他三十年来的写作成果:角落里已经发黄的通俗杂志,边角已有些磨损;平装本;还有精致的套着闪亮护封的精装本。它们都整整齐齐地排着,像一列列行军的士兵。这个房间就是他自己,是用他的创作欲和梦想编织成的外甲壳。不论是灵感如春花烂漫的丰水期,还是什么也写不出来的枯水期,他都热爱自己的工作。不写科幻,他就不再是吉姆·伯内特。

他看着没塞纸的打字机和旁边的几页纸,心想,如果他打算熬一整夜的话,他应该继续写小说。亨利几年前是怎么说的来着……"职业作家就是在不想讲故事的时候还能讲出故事来的人。"这话没错,但即便是个中老手,有时候也……

深夜的某一刻,伯内特在沙发上睡着了,他梦见自己站在已封闭的太空舱外面,猛敲着舱体,喊着丹恩的名字。他无法打开舱盖,生气地绕着太空舱转圈,直到能透过舷窗向里张望。他看见丹恩躺在反冲椅里,像一个套着宇航服的假人,顶他不知道自己希望什么。他坐在那儿,眼睛盯着屏幕。他只隐约地意识到塞莉从他身边站起来离开了房间。

十,九。倒数计时也是从科幻里来的,几十年前有人在哪部电影或哪篇小说里这样表现过,因为他认为这是个不错的点睛之笔。而现在,宇航局也正在这样做。

为我的孩子倒计时。

三,二,一,点火。白色的烟雾从火箭下方喷出来,像一朵蘑菇云,但什么也没有发生,没有任何事发生。其实整枚火箭已经开始上升了,只是为什么它似乎比我看过的其他发射慢那么多?出了什么问题?到底出了什么问题……

没问题。什么问题都没有,至少目前如此。它还在上升,也许只是显得比其他发射慢而已。但是,我确信自己将感受到的所有情绪都在哪里呢?毕竟我写过那么多遍。为什么我只是坐在这里,瞪大双眼,手心直冒汗,全身发着抖,不过抖得不是很厉害,只是稍微有点儿……

穿过静电噪音和喋喋不休的讨论声,丹恩的声音插了进来,平静而迅速。所有系统都运转正常,外面看起来不错,从下面看是什么样子?好,那很好……

伯内特感到一阵莫名的、纯粹的怨恨。当我们在这里紧张得冒汗的时候,丹恩怎么能这么冷静?他一点儿也不在乎吗?

"分离成功……二级点火成功……一切正常……"平稳的声音继续说道。

伯内特突然知道了自己怨恨之问的答案。儿子很冷静，因为他只是在做他的本职工作。丹恩才是个中老手，而不是我。我们这些白日做梦、胡言乱语、书写太空的作家，我们都只是业余的。现在真正的专业人士来了，那些晒得黝黑、平静的年轻人，他们不会对太空口出狂言，而是飞上去，抓住它……

那枚白色的火箭继续向上飞，谈论它的声音仍然不绝于耳，而它已从人们的视野中消失了。

塞莉又走回屋里。

"发射漂亮极了，"他说道，然后又没头没脑地补上一句，"儿子走了。"

塞莉坐在椅子上，什么也没说。伯内特想，对于一个刚刚看着自己儿子被送上太空的人来说，这算是什么对话呀？

电视里继续传来各种说话声，但他们的紧张情绪现在已经消失了。看起来很好，看起来非常好，确实很好，他们正在路上……

伯内特伸手把电视关了。接着电话铃就响了起来，好像一直在等待屋里安静下来。

"你去接吧，亲爱的，"他说着站起身，"一切都没问题了，至少现在如此……我也应该开始工作了。"

塞莉对他笑了笑，那是妻子看穿了丈夫的伪装之后会有的微笑。她想告诉他：没关系，继续装下去，我不介意。

伯内特走进工作室，关上了门。他拿起酒瓶，坐到打字机前的软垫椅子上。打字机的滚轴上是空的,机器的一侧是一沓整洁的黄色空白稿纸,另一侧是散落的几张手稿。他看了看书桌,转身又看了看摆在书架上的三十年来的杂志、书籍,包含着他的梦想、热爱、汗水和沉痛的失望,它们像纸质的尸体一样僵硬地排列在那儿。

"你的小说肯定对丹恩的职业选择有一定的影响。"

"没有。"伯内特大声说道,又喝了一口酒。

"这一切不都会促使他……您的儿子……走上这条道路……登上月球?"

他把软木塞塞回瓶口,放在一边。他站起来,走到架子前,站在一旁审视着,拣出一本又一本的书刊,鲜亮的封面上有的画着宇宙飞船,有的画着男男女女穿着宇航服、戴着头盔,还有的画着一颗颗恒星和行星。

他又把它们整齐地放回原位。他的肩膀稍稍垂下,然后用拳头轻轻敲打着书架上那些静默的纸张。

"该死的,"他低声说道,"该死的,该死的……"

THE NONOBSERVER
by

Li Peng

▽

非观察者

李 鹏

李鹏，计算机博士，大学教师，2021年蝌蚪五线谱最佳新人；已在《银河边缘》、《ONE·一个》App、蝌蚪五线谱网、不存在科幻等平台发表《非观察者》《赌徒悖论》《137》《致永远不会收到此信的爱人》等多篇作品。

本文为《银河边缘》中文版专发篇目。

人的观察是一盏探照灯，照到哪里，哪里的波函数就会坍塌。人类永远不能看到事实的真相，正是我们的观察才导致了现实的存在。

——《观察者》，特德·科斯玛特卡

"叔叔，你们最终会杀了我，对吗？"

"怎么会，傻孩子……还有，记得叫我爸爸。"

一个小小的房间里，墙角堆满玩具。李风靠在沙发上，一手拿着童话书，一手摸着小糖豆的脑瓜。坐在旁边的小家伙撇撇嘴，似乎根本不相信他的话，兀自摆弄着手里的魔方。

最近，小糖豆的行为越来越古怪，一直重复说着关于生与死的事情。李风只能一遍遍地解释，试验人员都是好人，不会杀掉小糖豆。

小家伙的思维一直很奇怪，从出生后一直不肯叫李风爸爸，李风多次要求也没用，小糖豆非常肯定李风不是自己的爸爸。虽然小糖豆说得没错，但试验人员实在搞不懂，一个三岁小孩儿是怎么明白这一切的？

实际上，李风这么做只是为了增加亲近感，他的确不是小糖豆的爸爸，而是监护人，以及试验负责人。

科学家们正在围绕小糖豆做一项试验，说史无前例也不为过，因为试验结果不仅会影响整个世界，甚至可能解开"人到底是什么"这个千古谜题。这项试验并不需要小糖豆完成什么任务，也不用把他当成小白鼠一样进行测试。小糖豆只要快乐成长就好，因为他的诞生，就是试验本身。

关于这一切，要从双缝干涉实验说起。

很久以前，物理学家们坚信光是一种波，因为光在穿过两条狭窄的缝隙时，会在荧光屏上形成干涉条纹。然而，一个思维狂放不羁的科学家不信这套理论，竟然又证明了光是一种粒子，还因此拿了诺贝尔奖，这个家伙就是阿尔伯特·爱因斯坦。

光怎么会既是波，又是粒子呢？科学家们糊涂了。

不过更糊涂的还在后面，紧接着，某位科学家提出了一个有趣的问题：

如果安装一个探测器来观察光子穿过了哪条路径，会发生什么？

最开始，他只是想看看每个光子落在干涉条纹的哪个位置，但打开探测器的一瞬间，实验结果变得不重要了，荧光屏一下子成了问题的焦点——干涉条纹竟然不见了！

在此后无数次实验中，人类只要打开观测仪器，屏幕上的干涉条纹就消失；关掉仪器，干涉条纹重新出现。光就像知道人类在观察它一样，根据人类的观察变换着形态。不观察它的时候就似波一样"流动"，一旦有仪器观察它就立刻变成粒子的模样……由此产生了量子力学里最诡异的理论——波函数坍塌。

意思就是说，世间万物的本质都是波函数，只有人去观察才会坍塌为实体，人若不看，物质就只是一堆"概率函数"。用更通俗的语言来解释就是：

物质的"存在"是由人的意识决定的。

这看上去像是科幻小说里的设定，却是实实在在的量子力学观点，说明我们的世界或许比小说更加科幻……

李风就是研究量子力学的专家，而且一直在思考另一个充满哲学意味的问题：

波函数是什么样子？

关于这个问题，作为观察者的人类肯定无法解答，因为凡是被人类看到的，必然是坍塌后的波函数。若想揭开波函数的神秘面纱，必须通过一个"非观察者"的眼睛去看待这个世界。

于是就有了小糖豆。

"叔叔，魔方不好玩儿，还给你，呐。"

接过已经被还原好的十阶魔方，李风不禁有些感慨。他很确定这小家伙从来没接触过魔方，但随便鼓捣一下就可以快速还原十阶魔方。显然用一句"神童"并不足以解释，一切似乎都与"非观察者"的身份有关。

"小糖豆，你到底是怎么还原魔方的？"

"简单，沿着纯粹的方向转动就行了啊。"

李风不止一次听到"纯粹"这个词,但每次都一头雾水。询问小家伙"纯粹"的意思,回答却玄而又玄,根本搞不懂。或许那就是"非观察者"眼中的世界,只能寄希望于小糖豆再长大一点,能更清楚地描述他眼中的世界。

不着急,孩子在慢慢成长,时间还长着呢。

从出生起,小糖豆就待在这间小小的实验室里。说是实验室,布局却与普通住家无异,目的就是给孩子营造一个健康的成长环境。虽然小糖豆的试验还存在伦理道德方面的争议,但科学家并不是冷酷无情的恶魔,在力所能及的范围内,会尽量给这个特殊的孩子创造一个温暖的"家"。

小糖豆的外表与普通孩子别无二致,甚至按照可爱程度来看,晒到网络上肯定可以收获一大群"妈妈粉"。但若与这小家伙长时间接触,就会生出一种不可名状的奇怪感觉,例如那聪明到匪夷所思的小脑瓜,以及偶尔语出惊人却又一语成谶的本事。

这一切都在提醒着科学家们:小糖豆是一个本不应存在于这个世界上的人。

"吃饭啦,小糖豆有没有想我啊?"

李风与小糖豆坐在沙发上正享受"天伦之乐",门突然被推开,一名女子推着餐车走了进来。一见到女子,小糖豆就从沙发上蹦了下来,笑嘻嘻地扑到她怀里,任对方揉捏自己肉嘟嘟的小脸。

李风看到这一幕,不禁笑了。

女子是李风的试验助理苏彤,理论物理学家,负责试验记录、后勤保障和观察设备的维护。当年李风选她入课题组,看中的就是她的细心,以及对孩子的关爱。结果没有让李风失望,苏彤像母亲一样关爱着小糖豆——这比科学上的素养更重要。

根据安全规范,大部分试验参与者都无权接触小糖豆,只能基于试验数据进行分析,近距离接触者只有李风和苏彤。为了不让孩子感到孤独,试验开始后,李风就陪小糖豆一起住进了实验室,晚上他睡大床,小糖豆睡小床,真如一对父子,维持着一个奇怪的"家"。

苏彤负责两人的生活起居,大到柴米油盐,小到卫生纸的采购,都由她一手操办。作为一名"妈妈粉",她很享受每天给孩子做饭的快乐。她甚至有时都忘了自己科学家的身份,同李风一起参与到"家"的生活中。

李风和苏彤的一系列做法得到了科学界的广泛好评,虽然伦理审查委员会一开始经常找这个试验的麻烦,但自从见到这"一家子"的试验录像以后,就渐渐放开了管制。

"苏阿姨又做了什么好吃的呀?"

"小糖豆最喜欢的红烧肉。"

"哇,苏阿姨万岁!"

食物摆满了餐桌,小糖豆终于表现出普通孩子的一面,小手端着大碗,不断往嘴里扒拉,吃得满嘴冒油。李风和苏彤边吃边看着小糖豆,眼含笑意。

吃完饭,小糖豆一抹嘴上的油,突然盯着苏彤说道:

"苏阿姨,我知道你跟李叔叔都喜欢对方。"

苏彤脸一下子就红了,拍了下小糖豆的脑瓜,埋怨他小孩子乱说什么,一旁的李风则默默吸溜着茶水,偷偷看着苏彤。

"可惜了,叔叔和阿姨永远无法在一起。"

小糖豆眨着大眼睛,若有所思。

苏彤和李风同时放下了碗,面面相觑,又很快把视线移开。

"风,要关灯吗?"

"关吧。"

"万一摄影机照不到小糖豆,我怕……"

"没事,还有好几个红外设备呢。"

苏彤一脸忧心忡忡,李风却觉得她太过小心,索性直接关了灯,房间陷入一片黑暗。

嚓一声,李风划亮了一根火柴,把蛋糕上的四根蜡烛一一点亮。小小的烛光瞬间在屋中摇曳,映照出苏彤的笑颜,以及小糖豆红扑扑的小脸。今天过后小糖豆就四岁了,苏彤特意准备了他最爱吃的慕斯蛋糕,晚上留在实验室,与李风一起给小家伙过生日。

"小糖豆快许个愿望吧。'爸爸'不爱小糖豆,孩子要许愿了还在发呆。"

看到李风心不在焉,苏彤像孩子他妈一样嘟囔起来,似乎彻底把自己带入到这个"家庭"的角色中,却忘了李风才是领导,她只是个助理。不过李风并不在意,反倒给苏彤赔了个笑脸,摸了摸小糖豆的脑袋瓜,坐下来等孩子许愿。

"我的愿望是……能活到五岁。"

小糖豆脸上看不出表情,把自己的愿望念了出来,然后深吸一口气,一下子吹灭了四根蜡烛,实验室又重归黑暗。

"乱许什么愿呢,小糖豆肯定会快快乐乐长大啊。"

苏彤一边嘟囔着,一边起身打开了灯。当光亮重新驱散黑暗时,气氛却变得有些奇怪,小糖豆瞪着圆溜溜的大眼睛,看向房间的角落,李风则望着残烛上的袅袅青烟,一副心事重重的样子。

苏彤不禁皱起了眉头。

不怪李风一直心不在焉,他刚接到消息,另一组暗物质试验出了重大事故,似乎还挺严重……他没把这个消息告诉苏彤,调查结果还没有水落石出,怕苏彤听到消息后会为小糖豆担心。

李风最初的研究方向就是暗物质,正是在这方面的累累硕果,使他年纪轻轻就成为学术圈举足轻重的人物。

暗物质一直是学界研究的热点,让人惊奇之处在于,我们观测到的"物质宇宙"似乎只是整个世界的一小部分,暗物质看不见摸不着,也不和普通物质发生相互作用,但竟占到了全宇宙总质量的大约百分之八十五[1]。当其他科学家都在绞尽脑汁探究暗物质的时候,李风却另辟蹊径,把焦点放在了希格斯玻色子上。

希格斯玻色子又称"上帝粒子",是物质产生质量的原因,经过几十年的努力,人类终于在不久前证实了它的存在。

整个宇宙都充斥着希格斯玻色子,空间就像是黏稠的"蜂蜜",物质在"蜂蜜"中运动会受到阻碍,这种阻碍就是质量的本源。同理,暗物质既然有质量,那么就也许能够与希格斯玻色子产生相互作用。

李风优化了希格斯玻色子的观测技术,使数据精度更高,观测范围更广。基于此,技术条件的成熟终于可以解答他心中的一个疑问:

物质和暗物质是否同时作用于希格斯玻色子?

试验很快被设计出来,将一个氢原子置于真空,根据"标准模型"计算氢原子周围希格斯玻色子的理论数据,然后再观测真实数据,两相对比,也许就能掀开暗物质的神秘面纱。然而,试验结果出来后,李风却被彻底震惊了……

---

1. 关于暗物质占宇宙总质量的准确比例,科学界尚无定论,本文采用的是百分之八十五这一比较流行的说法。

真空中凭空产生了另一个氢原子!

这个结果很奇怪,但细想却又很合理,结合双缝实验的结论来看,真理的大门便缓缓打开——观察!

暗物质之所以被称为暗物质,是由于其波函数不会因"意识"的观察而坍缩。整个宇宙就像波函数的海洋,其中有些是"可解析的",有些则无法求解。目光扫过,"可解波函数"被人类的"观察"转化为物质,也就是所谓的坍缩。但不能被观察到不代表不存在,就如同你观察不到空气不代表空气不存在一样。大部分波函数永远不会坍缩,却构成了宇宙中那百分之八十五的质量,就是所谓的暗物质。

李风的实验打破了这一切,强行观察了那些本不应该被意识窥探的复杂波函数。

暗物质与物质不同,它对于意识而言是无法解析的,因此不能坍缩成各种粒子。李风利用氢原子间接观察了暗物质,等于把无解的函数强行赋予一个"近似解",而且这个近似解的值与氢原子相等,于是,暗物质直接坍塌成了另一个氢原子。

这是一种"复制"物质的方法!

这项研究一经发表就轰动了世界,暗物质的应用似乎有着无限可能。最简单的例子,用暗物质去复制"钫"这种每克人造成本价上亿美元的稀有金属,人类将再也不用为稀有资源发愁。

然而,理想很丰满,实际应用却出了大问题。

有科学家发现,暗物质坍缩成的"物质"虽然拥有物质的一切特性,却根本不是物质。这个结论看上去很矛盾,但很好理解。由于暗物质坍缩只是被逼无奈的"近似解",并不是物质坍缩形成的稳定解,因此这种"近似解"没有理由永远存在下去。换句话说,一旦没有人去观测坍缩后的暗物质,它也就重新变成了无解的波函数,且永远不会重新坍缩。

就像你眼前有一块"暗物质石头",你眨了下眼,它就永远消失了。

这种不稳定的性质影响了暗物质的实际应用,但却导致暗物质在一个重要领域大放异彩,那就是核能发电。暗物质复制核燃料以后,接受二十四小时监控并不困难,但核废料的处理难度降低了太多——找个没人的地方一扔就行!

李风刚刚接到的通知,就是处于试验阶段的暗物质核电站出了大问题,似乎牵扯到暗物质的一个新性质,令他心中惴惴不安,以至于影响了小糖豆的四岁生日……

"喂,你俩这一大一小在想啥呢?过生日,高兴点啊!"

李风回过神来,看到苏彤正叉腰看着自己,眼神里充满埋怨。

"哈哈,就是就是,过生日要高兴点。小糖豆快笑一个,你看苏阿姨都生气了。"

在李风和苏彤的轮番逗弄下,小糖豆终于又喜笑颜开,吃得满嘴都是奶油,"一家人"再次其乐融融。但李风和苏彤没有注意到的是，小家伙的眼神不时往一个方向上瞟，不知在看些什么。

如果李风足够细心的话就会发现，那正是暗物质核电站的方向。

"情况怎么样？"

"不容乐观。"核电站的负责人忧心忡忡，"厂房整体塌陷，还好及时关闭监控系统才防止了核泄漏。"

李风站在山坡上，眺望已经化作废墟的核电站，眉头拧成了川字。小糖豆暂时交由苏彤照看，自从昨天接到消息，李风一夜未眠，天一亮就马不停蹄地赶来。

看了一眼，心凉半截。

听核电站负责人讲，昨天傍晚之前一切正常，没人想到可怕的灾难会在下一刻发生。首先是地面突然出现一条裂缝，裂缝在发电机的轰鸣声中越变越大，最终整个电厂坍塌进了一处地下凹坑。负责人反复向李风解释，核电站建造时地下绝对没有空洞，没人清楚这个导致垮塌的大洞是从哪儿冒出来的，这安全责任他可担不起。

李风并不关心这起事故的责任划分问题，甚至都没心思听对方啰唆工程安全标准。他全部的注意力都放在了那处废墟上，因为他发现许多物质不见了……

核电厂里只有核原料是由暗物质坍缩而成，理论上，关闭监控后,也只应该是核原料重新变为波函数。然而,眼前的事实却并非如此,发电机组、冷却塔、稳压器……至少小半个核电站都消失了!

李风突然想到了小糖豆,心里咯噔一下。

自从暗物质坍缩实验成功后,一个充满诱惑的念头便在李风脑海中生根发芽——暗物质组成的生命是什么样子?这个想法一旦形成便挥之不去,他清楚这在伦理道德方面有很大的问题,甚至可能隐含了未知的风险,但科学家的求知欲让他沉浸其中欲罢不能。

最终,在李风的不断游说下,相关部门批准了"暗物质生命"研究项目。

一开始只使用小白鼠来做试验,探究动物的"意识"是否能被复制。结果很快便出来了,设备成功复制出来一只"暗物质小白鼠",生理机能一切正常,但没有大脑活动,只是一具会呼吸的躯壳而已。因此,暗物质生命研究的第一个试验结论揭晓:

动物拥有意识,且意识不能被暗物质复制。

活体生命不可以被复制,但这并不妨碍李风接下来的研究。很快,第二个疯狂的计划启动了——胚胎复制。第一个试验表明除了意识以外,活体细胞均可以被复制,那复制一个暂时还没有意识的胚胎会发生什么呢?

胚胎试验开始了,小白鼠的胚胎被成功复制,然后送入一只母鼠体内孕育。经过一个月的精心照料,人类历史上第一个暗物质生命诞生了。

不出所料,暗物质小鼠产生了意识,且生命各项指标与普通小鼠无异。于是,李风得到了暗物质生命研究的第二个结论:

暗物质胚胎可以发育成生命,且拥有意识。

试验进行到这里,事情变得越来越有意思了。暗物质小鼠的成长过程中,李风发现它表现出了一系列奇怪行为,例如可以快速穿过复杂迷宫寻找到食物,可以提前感知李风用电击器创造的"危险环境"……暗物质小鼠的思维似乎与众不同。

但这并不是问题的全部,仔细回想这个实验就会发现,核心问题在于,除了最开始那个暗物质胚胎,小鼠生长发育全靠普通物质来维持,那么它的身体明明应该是由普通物质组成才对!

基于这个有趣的想法,李风开启了他的第三个实验。小鼠被关在一个小小的铁笼子里,李风关掉了二十四小时监控设备,静静看着它。小鼠也似乎预知了自己的命运一般,同样静静地看着李风。

李风眨了下眼,小鼠消失了。

为什么会这样?为什么整只小鼠都变成了暗物质?经过一系列研究,李风得出了暗物质生命研究的第三个结论:

暗物质生命的代谢活动会把物质转变为暗物质。

至今都没人能研究清楚这种转变的原理是什么，无生命的暗物质并不会出现这种现象，但生命却不同。一切似乎都与"意识"有着千丝万缕的联系，毕竟意识是波函数坍缩的根本原因。

然而，仔细回想小鼠消失的逻辑就会发现，其实小鼠整体转变为暗物质并不是最诡异的事情，真正的诡异之处在于——小鼠到底为什么消失了？

作为一个有意识的生命体，人类显然不会因为没别人观察自己就化作一堆波函数，因为人永远是自己的观察者。小鼠也一样，哪怕身体是由暗物质构成，但它自身就是一个观察者，为什么会因为失去李风的观察而消失呢？这一切都指向一个令人恐惧而又兴奋的终极结论：

暗物质生命并非这个世界的观察者。

一个"非观察者"的智慧生命会看到怎样的世界？这个问题萦绕在无数科学家心中。最终，经过有关部门的特别批准，在李风的带领下，科学家们开启了"非观察者计划"，共同探索暗物质世界的终极奥秘。

然而，关于小糖豆的试验还没有完成，这座与非观察者计划毫不相干的核电站却出了大问题。看着眼前大部分物质消失了的废墟，李风不禁联想起暗物质生命研究的第三个结论——生命活动能把物质转化为暗物质，那普通的暗物质真的不可以吗？

同化!

这个可怕的词语出现在李风的脑海里。如果暗物质能悄无声息地把物质同化成暗物质,那将是一场世界级的灾难!

"回来了?"

李风冲苏彤点点头,面无表情地坐在沙发上,默默发呆。苏彤不知道李风这两天遇到了什么问题,但毕竟对方是领导,她也不便多问,于是继续蹲在地上陪小糖豆玩拼图。李风看着眼前玩得正起劲的两人,心思却放在一个困扰了人类数千年的古老问题上:

意识究竟是什么?

这是唯心和唯物两派争论不休的话题。古代哲学家倾向于把意识与物质分离看待,但自从现代科学这个庞然大物横空出世,唯物主义就成了人类思想的主基调。科学家们煞有其事地把意识描述成一种大脑的神经活动,是一组复杂的生物电信号。经过一番不懈努力,科学最终夯实了"物质决定意识"的理论基础。

然而,如此微不足道的神经活动,为什么能导致波函数坍缩?甚至能塑造出远在亿万光年外的星辰?没人能解释,仿佛这一切都是理所应当。此外,物质决定论还带来了另一个更加诡异的问题:

物质和意识到底谁先诞生?

若物质决定意识,势必先诞生物质才能产生意识。与此同时,意识的观察使波函数坍缩成物质,又说明先诞生意识才能坍缩出来物质……这是个先有鸡还是先有蛋的问题,更是个解不开的逻辑悖论。

除非,意识根本不是物质。

不是物质又会是什么呢?答案呼之欲出!

"暗物质!"

李风一下子从沙发上蹦起来,喊出了心中的答案。苏彤被这喊声吓了一跳,手一抖差点把拼图毁掉大半。但她知道李风一定是想通了什么,努力忍住没有去打扰他,继续招呼着小糖豆玩拼图。

夜里,苏彤静静地坐在沙发上,等着李风哄孩子睡觉。卧室门吱呀一声开了,李风闪身走出来,然后轻轻把门关紧。

"孩子睡了?"

"嗯。"

李风坐到了苏彤身旁,四目相对。他知道对方为什么留到这么晚,也清楚自己该把心中的猜测和盘托出。

"李风,你这两天魂不守舍,到底出了什么事?"

"核电站出事了。"

"核电站?你不是已经不管那边了吗?"

看着苏彤好奇的眼神,李风摇摇头,开始讲述他的各种思考。随着李风娓娓道来,苏彤的眼神里时而含着惊恐,时而透露出迷茫。直到李风讲完自己白天的思考，苏彤似乎才抓住了一丝核心问题的脉络。

"你是说，所有人的意识其实都是由暗物质组成的？"

"只是猜测，意识可能是某种未坍缩的暗物质，它通过引力与物质交换信息，造成了第一批物质坍缩。接下来意识通过造出来的第一批物质来观测整个物质世界，一步步拓宽自己的观测视野，最终让整个物质宇宙坍缩成现在的样子。"

"可这与小糖豆又有什么关系呢？"

"关系可大了……如果我的猜测正确，观察者与非观察者在意识层面上就没有任何区别。从理论上讲，后者只要能观测到物质的波函数，也应该能让物质坍缩才对。但事实摆在我们面前，非观察者不能造成物质坍缩，那么所有这一切都指向一个离奇的结论——非观察者根本看不见这个物质世界！"

听到李风的推测，苏彤惊得差点喊出了声，还好及时捂住嘴才没有打扰到卧室里睡觉的小糖豆。她瞪大眼睛看着李风，满脸的难以置信，实在无法想象那个整天在实验室里蹦蹦跳跳的小糖豆，竟然看不见这个世界！

那么这个世界对于小糖豆来说是什么样子？就像一场梦吗？

"李风，如果小糖豆看不见这个世界，那他是怎么跟我们互动的？"

"一切都只是猜测，我也给不出答案。我们的意识通过物质来观察物质，但小糖豆自身却是由暗物质组成，或许他眼中的世界就是无数暗物质波函数而已。我也想象不出物质在小糖豆的眼里到底长什么样子，可能只是波函数海洋中的点点涟漪吧。"

听到李风的话，苏彤若有所思。

"你这两天都心神不宁，不仅仅是因为这点事吧？"

"没错，苏彤，有些事是时候告诉你了，其实最令我担心的……是核电站……"

不知过了多久，随着实验室的大门砰的一声关上，苏彤走了，晕头涨脑。李风依然坐在沙发上，默默无言。

他已经把关于"同化"的想法告诉了苏彤，看到对方失魂落魄的样子，李风有些心痛。毕竟已经四年了，苏彤牺牲了自己的青春年华，参与到这个"家"的建设中。现在李风却突然告诉她，"家"可能瞬间倾覆，甚至孩子的命运都将陷入未知，怎能不让苏彤愁肠百结？

这一切都要从核电站的事故说起。多年来的实验已经证明，"非生命暗物质"不具有同化物质的能力，但核电站的废墟却又说明大量的物质已经被同化，甚至那诡异的塌陷，李风都怀疑是地下土壤被同化所导致。当深度无法被人类或设备感知时，观察也就不存在了，地下土壤长年累月被一点点地同化为波函数，最终导致厂房坍塌。

普通的暗物质为什么突然变了？显然与天生具有同化能力的暗物质生命有关。暗物质胚胎实验已经证明，暗物质生命可以把物质转化为暗物质，因此核电站的事故很可能与此有关。

李风已经给苏彤分析过，观察者与非观察者，二者眼中的世界或许是天壤之别。既然观察者能将波函数坍缩成自己看到的状态，那么反过来想，非观察者是否有能力将自己看不到的东西，慢慢转化为可以被他看到的……

非观察者在与观察者争夺视野！

非观察者的视野中可能充斥着未坍缩的暗物质，而观察者的视野就是我们眼中的世界。二者看似完全不同，但这两方视野中却出现了一些桥梁，那就是被"强行"坍缩的暗物质。

例如核电站中的暗物质核燃料，它既是暗物质，又被"强行"坍缩，因此可以被观察者和非观察者同时看到。这些桥梁连通了物质世界与暗物质世界，非观察者的窥探或许会影响它们周围的物质，让物质慢慢转变为暗物质，从而进入非观察者的视野。

显然，小糖豆就是最有力的视野争夺者，也许在他不断地观察下，视野里已不仅仅是核电站这么一小片"强行"坍缩的暗物质了……

带着复杂的心情，李风轻轻地推开卧室门。一束光亮洒进卧室的小床上，正好照亮小糖豆那双盯着李风的大眼睛。

"叔叔，我必须死，对吗？"

听到这话,李风皱起了眉头,走到小床旁边,俯下身子,摸着小糖豆的脑袋不断地安慰着。然而,小糖豆那双眼睛却没有恐惧与迷茫,自始至终都透露着笃定,似乎刚才不是在表达疑问,而是给出了答案。

"李叔叔对不起,你想的没错,我也要害你一起死了。"

小糖豆看着李风,脸上满是超出年龄的歉意……

"李博士,一会儿在机器里遇到任何不适,请立刻告诉我。"

一名护士穿着厚重的防化服,在操作台前不断调整着参数。李风躺在一台形似核磁共振仪的巨大机器里,静静等待下一步的指令。

今天早晨,一群身着防化服的人来到了实验室,要求李风立刻终止试验,并让所有试验人员都穿上防化服,一起来到了这处秘密隔离区。在场的试验人员议论纷纷,一脸茫然。只有李风和苏彤明白,核电站事故的调查人员应该已经发现了暗物质研究的危险,今天这一切都是在亡羊补牢。

隔着防护服的面罩,李风和苏彤对望一眼,苦涩一笑。他们在昨晚就预料到了这一切,尤其是小糖豆那句"害你一起死",令李风如坠冰窟。

这一切的源头并不是什么高大上的可怕理论,追根溯源,只是窗台上一株小小的盆栽。

暗物质生命通过代谢活动把物质同化为暗物质，但科学家至今未弄明白这一切是怎么发生的，也因此忽略了一个潜在的危险——暗物质生命代谢的产物也是暗物质。李风早就知道这一试验结论，出于安全考量，其他试验人员禁止接近小糖豆。但几年来从未发生任何安全事故，整个试验团队也就放松了警惕。

一天，苏彤觉得"家"里缺少点装饰，就买了一株小小的植物放在阳台上。她自然不会觉得这有什么问题，李风也没在意，但就是这么一株不起眼的小盆景，却填补了生命物质循环最重要的一步——光合作用。

意识的观察并不是眼睛看、耳朵听这么单一，只要与意识存在信息和因果的交互，都可以被视为一种观察。例如屋子内的空气，你看不见也听不到它，但你的呼吸与它产生了信息上的交互，并建立因果，于是空气就因被"观察"而坍缩。

小糖豆每天呼出的暗物质二氧化碳与此类似，会因为李风的存在而一直保持在暗物质状态。这本来并不是什么大事，二氧化碳并不参与李风的生命代谢，并且一旦观察缺失就会再次变成波函数。

但自从阳台上出现了那盆植物，暗物质二氧化碳就有了另一个去处。光合作用释放出暗物质氧气，进而参与到了李风和苏彤的生命代谢中，把一些细胞同化成了暗物质。虽然那么一小株植物的产氧量非常少，但架不住日积月累。

更何况，还有小糖豆如此近距离的观察……

随着核电站的轰然倒塌，一连串问题终于给人类敲响了警钟。李风能推测出问题的核心，全球那么多聪明的大脑自然也不例外，于是有了今天的隔离和检查。

检查的内容是体内暗物质的比例。技术并不复杂，利用"只有物质能被复制"的特性，把李风的血肉都复制一遍，称称重，比例就出来了。这台可以对人使用的仪器刚研制出来不久，能看出这名护士的操作并不熟练，折腾了好久才调好参数。

"李博士，机器马上要启动了，请保持现在的姿势，千万不要动。"

随着护士按下启动按钮，没有绚丽的光芒，也没有奇异的音效，只传来一阵机器运转的轰鸣，不久之后，声音便逐渐停了下来。李风支撑身体坐起来，望向护士那防护服面罩后隐约可见的皱眉表情，叹了口气，苦笑摇头。

暗物质比例是一个很重要的健康指标，直接关系到李风的生死。根据医学实验室那边的消息，暗物质参与细胞活动的同化速度是有限的。因此，若比例低于某个阈值，人体的物质代谢速度会高于暗物质的同化速度，那么随着时间的推移，暗物质比例会越来越低，直至归零。但比例高于阈值，暗物质同化作用则会像癌细胞一样不断扩散，直至变成像小糖豆这样的"暗物质人"。

没人知道后天形成的"暗物质人"是不是非观察者，但很可能，他们将不被人类社会所接纳，甚至性命堪忧。

"我的比例超标了，对吗？"

护士点点头，说整个试验团队只有李风比例超标。听到这话，李风非但没有沮丧，反而长舒一口气。此刻他已经接受了自己的命运，唯一放不下心的就是苏彤和小糖豆，护士的话代表了苏彤没事，但小糖豆的命运……会和自己一样吗？

接下来的几天里，李风接受了严格的单人隔离，甚至隔离室内的空气循环都安装了"无观察"系统，保证他呼出的二氧化碳不传播到外界。由于不能确认信息交流是否有未知风险，与外界的通信也被暂时禁止，只在必要时可以申请短暂的连线。

隔离期间，许多高层领导都与李风进行了视频通话，安抚他的情绪，并表示一定会尽最大努力解决问题。但李风其实很清楚，不会有什么更好的解决办法了。

隔离的第五天，在李风的要求下，领导们终于同意了他与小糖豆和苏彤的视频通话要求。小糖豆住着与李风类似的隔离室，依然是一副活泼可爱的样子，一举一动都透露出他已经知道自己的结局，却又毫不在乎这番命运似的。苏彤则一见到李风就哭了出来，眼泪止不住地从脸颊上滴落，李风能理解苏彤现在的痛苦，因为维持了四年的"家"，就要没了……

在这次通话之后，李风终于做出了决定——用自己来为人类做最后一次"暗物质生命"试验，去窥探宇宙的终极奥秘。至于试验结束后的命运归宿，他把话讲得很直白，化作一片波函数就行，不给人类添麻烦。从人类的角度来看，这与死亡无异。

李风的"懂事"无疑减轻了某些人的道德压力，同时也为自己争取到了窥探波函数奥秘的完整机会。

在"高举人类主义大旗，弘扬科学献身精神"的赞美声中，李风的生命开始了倒计时……

试验记录第1天

从今天开始，我将记录眼中的世界。我不清楚接下来的日子会发生什么，但希望后辈看到这份记录后不要赞颂，这只是我静静等待最终结果的旅途中，顺手写的日记而已。

关于暗物质生命的问题，老实说挺让我担心的，如果不是核电站事故让一切隐患早早被发现，或许已经酿成了不可挽救的大祸。下午我就在想，如果大部分人类在不知不觉中超过了比例阈值，世界会发生什么，屠杀、暴动、战争？或许这些都有可能发生，还好问题被及时发现，否则我的这份记录就成了末日题材。

设想一下，若末日真的发生了，地球会变成什么样子？答案显而易见，即便是物质世界获得了胜利，也是一场全人类的浩劫。若是暗物质人类获得了最终胜利……

那么谁来观察这个世界呢?

试验记录第4天

这几天只是吃、喝、睡,毫无有价值的信息,便没做记录。今天有些头疼,不敢确定是不是"暗物质化"带来的问题,但还是决定记录一下现在的感受。

这种头疼与以往完全不同,就像大脑在接受轻微电击,偶尔还伴有幻觉。我猜测可能是神经细胞的问题,没准儿是大脑中电信号暗物质化导致了异常放电,具体原因不得而知。

原本链接意识的是物质,现在意识又开始链接一部分暗物质,那么身体感受到异常就不奇怪了。只希望我的意识不要崩溃,可以写完这人生最后的日记。

试验记录第9天

头还在疼。连续的疼痛让我的精神有些萎靡,其间吃了两天止痛药,但毫无作用,只好作罢。现在已经可以确定,头疼与暗物质化有关,甚至能感受到一些特殊的"东西"星星点点地分布在大脑里,不断与意识建立连接,却又同时刺痛着意识。

最近开始做梦,一些很奇怪的梦,梦里整个世界都在扭曲和变形,令我在眩晕中醒来。不知该用怎样的语言描述那种眩晕的感觉,只能称之为"不真实感"。

试验记录第14天

头越来越疼了。昨晚梦到了小糖豆,梦里,他躺在我的身边说不要为他伤心,死亡只是意识的幻觉……下一刻我便惊醒了。

我向外面的试验人员请示与小糖豆在一起隔离,他们以"会加速我的暗物质化"为由拒绝。不过我会在意这点速度吗?最终,在不断地坚持下,领导终于做出了批示,允许我与孩子团聚。

见到小糖豆的那一刻,我的眼眶湿润了。小家伙一个飞扑扎进我怀里,说那群穿着防化服的叔叔阿姨太无聊,还是跟我在一起有意思。我摸着小糖豆的头告诉他,我会一直陪在他身边,在剩下的时间里。

试验记录第18天

头痛令我产生了幻觉,整个隔离室都好像悬浮在深海之中，显得那么的不真实。还好有小糖豆陪在身边，用他的小手按摩我的额头。他告诉我，世界上根本没有真实，甚至连时间都没有。

小糖豆的话吓了我一跳，这等于直接否定了整个世界存在的意义，那人类在生活中挣扎又是图什么呢？只是意识闲得无聊在体验生活吗？不过，我又不得不重视小糖豆说的一些莫名其妙的话，因为他至今还没说错过……

下午护士给我测了暗物质比例，毫无意外，数值正在直线上升，已经到了完全不需要考虑拯救方案的地步。不过好消息是研究人员已经确认了电子通信并不会导致"同化"传播，于是不久后苏彤打来了视频电话，告诉我，她正在慢慢康复，不用为她担心。小糖豆见到屏幕里的苏彤喜笑颜开，但苏彤看着屏幕里的我和小糖豆，突然控制不住地哭了起来。

这个姑娘一直努力把一场试验打理出"家"的味道，甚至有那么几次，我也将自己带入了"家"中的角色，差点把她搂在怀里，还好及时克制住了，没有造成尴尬。老实说，有些后悔没把那束花送给她，最终花朵烂在了柜子里，无人知晓。

不过现在已经不需要纠结这些了，只愿这个"家"可以平稳地走完最后一段旅程就好。

试验记录第23天

与苏彤连线时,她一直问我脸色为什么不好,为了不让她担心,我只说是头有点疼。实际上头疼不仅加剧了我的幻觉,甚至已经开始影响睡眠,每当我闭上眼,脑海里还会盘旋着四周的影像。这种影像并不是画面,而是一种混沌的"密度",就像无数张图片叠加在一起,混乱而又密集。

我想这可能就是暗物质比例达到某个临界值的标志,或许用不了多久,我将失去观察者的身份。

试验记录第30天

一个月过去了,身体的暗物质比例已经超过半数,头疼却依然折磨着我。今天在我的要求下,外部人员送来了全套的试验设施,我又亲手进行了一次双缝干涉实验。按照我的要求,外部人员关闭了双缝屏幕处的监控设备,全世界就只剩下了我和小糖豆能看到实验结果。

结果并不意外,干涉条纹完整地展现在屏幕上,半数的暗物质细胞并不能改变我的身份,我依然是观察者。突然看到一旁的小糖豆瞪着大眼睛好奇地盯着屏幕,于是我闭上眼睛,问他在屏幕上看到了什么,小糖豆想了想,告诉我看到了混乱与纯粹。

不清楚所谓的混乱与纯粹具体是什么,是指干涉与不干涉吗?似乎没有这么简单。隐隐觉得,小糖豆口中的混乱,或许与我眼中那种混沌的"密度"有关。

试验记录第38天

我想明白了小糖豆口中的混乱和纯粹是指什么,或者说不是想明白了,而是看到了。

随着头痛的加剧,我眼中的世界变得越来越混沌,这种混沌不是指一切都越来越模糊,而是所有东西都变得无比"清晰"。这话听上去很诡异,但却是我能想到的最浅显易懂的描述。眼中的世界就像是无数张半透明的纸摞在一起,呈现出一片模糊的混沌景象,可我偏偏又能清晰地辨认出里面的每一幅图像,尤其是那些最"纯粹"的画面。

看到这些奇奇怪怪的画面时,我终于意识到之前的想法错了,或者说是全人类的认知都错了——观察并不会让波函数坍缩,甚至世界上也许根本就没有波函数!

实在是头疼得厉害,今天就写到这里,要上床躺会儿了,我可不想一会儿跟苏彤视频时被她看到痛苦的表情。整理整理想法,明天再接着写吧。

试验记录第39天

虽然头依然像要裂开一样,但我还是坚持动笔写下这思考了一夜的想法。眼中的画面在一遍遍地向我证明,波函数根本不存在,物质也不是由坍缩产生的。

读到这里,或许你会以为是长期头疼导致我疯掉了,但世界的真相却是:

不是意识导致波函数坍缩,而是波函数在意识里坍缩。

听上去很奇怪,对吗?

以前我一直以为,人的观察是一盏探照灯,照到哪里,哪里的波函数就会坍缩。但现在我眼中的世界却反驳了这个想法,世界从未因人的观察而改变,物质更不会因人的观察而诞生。

所谓的观察,不过是一堆电信号由神经传导给大脑,大脑进行一定的处理后再输送给意识。所以没有意识能真正地"看到"这个世界,整个物质世界都只是意识根据一串电信号想象出来的东西罢了。你能保证自己的电信号就是宇宙的真理吗?

我甚至怀疑,每个人看到的世界,其实都有着不同的样貌。

试想有个人把蓝色看成绿色,同时又把绿色看成蓝色,调色的中间色也随之改变成与视觉对应的不同颜色，试问他怎么知道自己眼中的世界与别人不一样？这就是蓝绿悖论问题，也是整个世界可能存在的问题。这么看来，每个人在意识中坍缩出的世界是不一样的，似乎也不是多么奇怪的事情。

或许你会质疑意识中的世界不一样，那么人与人之间就无法交互，不能交谈，不能观察，甚至都没法用同一块石头打中对方。但现在我眼中的世界却解答了这个疑问，因为所有事情发生的可能性都叠加在这个世界里，每个人都只看到了最"纯粹"的一种结果而已。

举例来说，就如同你用一块自认为是方形的石头击中对方，而石头在对方意识里却坍缩成了三角形。对方大声喊出"石头是三角形的"，但"三角形"这个词却在你的意识里坍缩成"方形"，反之你的"方形"也在对方意识里坍缩为"三角形"。于是你们不会意识到各自眼中的世界不同，因为每个人都在"叠加态"的世界里坍缩了最"纯粹"的一个结果而已。

这种不同只有处于上帝视角才能发现。

这就是叠加态的混沌宇宙，它把所有的状态都展现在了你的眼前，而你的意识却只选择了最"纯粹"的一种状态进行坍缩，形成观察者眼中的物质。这种小糖豆口中的"纯粹"，或许也可以称之为观察的"最简态"，是导致逻辑通顺的最简洁的选择，就像是意识因为偷懒而不去看复杂的东西一样。

写了这么多，头疼得手已经开始发抖。今天所写的就是我眼中的世界，但我知道在自己彻底暗物质化之前，这还只是隐藏在迷雾中的真理大厦的一角。有些期待见到小糖豆眼中世界的样子，朝闻道夕死足矣，就是可怜了小家伙的命运……

试验记录第45天

头痛与晕眩不断地折磨着我，已经好几天没有下床。苏彤那边也瞒不住了，她急得哭了好几次。还好小糖豆比较乖，躺在我身边陪我聊天，让我在与痛苦斗争的过程中，可以更好地理解现在所发生的一切。

趁着现在状态还好，我准备赶快把最近几天身体发生的变化记录下来，因为预感到自己快没有时间了。不过现在感觉说"快没有时间"真的很奇怪，因为这两天突然感觉到，时间似乎根本不存在……

我知道这比上次记录里讲的事情更加诡异，但此刻我眼中的世界就是这样，万物的全部维度都叠加在了一起，包括时间。

记得双缝干涉实验里，自己为光子的因果颠倒感到错愕。但此刻品味着脑海里的画面，发现时间不过是意识产生的幻觉而已，所谓的"因果"，更像是一种被意识想象出来的概念。可以这样理解，光子在穿过缝隙的那一刻，与打在屏幕的那一刻，不存在时序关系，甚至可以理解为它们是"同时"发生的。

世间万物都叠加在了一起，包括它们的时间，这就是所谓的"时间不存在"。之所以能感受到时间的流动，不过是意识观察所有"最简态"而产生的一种体验罢了。

或许是因为暗物质比物质"复杂"，物质大脑并没有把它们的信息传递给意识，于是，人类的意识只能看到最"纯粹"的世界样貌。而我随着自身的暗物质化，整个世界的复杂程度不断冲击着意识，晕眩愈发加重。

可惜目前暗物质的真实样貌永远不会展现在我的眼前了，因为死亡马上就会降临。那些时间隐约叠加在了我的身上，虽然看得不很真切，但足够"纯粹"。我相信这一切马上就会在所有的意识中坍缩，并被完整体验。

试验记录第49天

到此为止，一切即将结束。

暗物质的神秘面纱向我掀起一角，但我却依然是观察者，这太危险了。终止试验。

李风静静地躺在床上,等待最后时刻的到来。小糖豆则躺在他怀里,若有所思,面带微笑,似乎是知道接下来的命运,却又不在意。

随着暗物质比例的不断升高,李风已经开始适应新的视野,头也没有那么疼了。他不是不想在彻底暗物质化后体验小糖豆眼中的世界,但那太危险了,他不想再给世界带来麻烦。

随着试验的进行,他既是观察者,又能看到那些被"强行坍缩"而变得"纯粹"的暗物质,因此李风比小糖豆的"视野"争夺能力强了不知多少倍。他发现全世界那些被意识"强行坍缩",哦不,应该称之为"强行纯粹化"的暗物质,就像黑夜中的火把一样,不论多远都能进入他的视野,哪怕是闭着眼。

它们在李风的观察下疯狂同化着周围的物质,使他不得不立刻终止试验。更重要的是,李风看到苏彤的暗物质比例也在他观察下不降反升,他不能害了这个家庭的最后成员。

最终,李风静静躺在床上,等待着无尽黑暗的到来。

"李风,你这个大混蛋,为什么不把那束花送给我!"

"你都知道了吗?是啊,我的确是个混蛋,把小糖豆带到这个世界上,却没有给他一个快乐的人生,把你拉进了这个家里,却耽误了你的青春……对不起……"

视频电话的屏幕亮了,苏彤哭得梨花带雨,李风却露出平静的微笑。反而小糖豆笑嘻嘻地安慰着屏幕里的苏彤,让她不要在意生死,人生不过是一场体验。

道别总是令人心碎,虽然李风眼中的世界已经变化了很多,但毕竟做不到小糖豆那样洒脱,依然会心痛。随着视频通话的结束,苏彤的身影消失在了显示器上,却没有消失在李风的视野里。他在意识中看着那个靠在墙角大哭的女孩,自己也缓缓淌下热泪。

手臂上的针剂启动,缓缓将液体推入血管。

当显示屏再次熄灭,房间内的全部监控设备也随之关闭,整个房间的观察者只剩下了李风。小糖豆在李风的怀里笑嘻嘻地看着他,仿佛在鼓励他不要悲伤。

"李叔叔,不要为我伤心,死亡只是意识的幻觉。"

此刻的李风,已经理解了小糖豆话里的意思,摸着那小脑袋瓜缓缓点头。慢慢地,一股睡意袭来,李风感觉眼皮已经睁不开了,正在一点点地下沉。

在闭上眼的最后一刻,他看到的是小糖豆那张可爱的笑脸。

黑暗侵袭了李风的世界,暗物质化带来的一切奇妙感知瞬间烟消云散,那种生命的真实感再次侵占了他的意识。黑暗之中,一点亮光突然出现在前方,不断地扩大,世界仿佛变成了一条隧道,指引着他向着亮光走去。

在进入亮光的那一刻,李风猛然睁开了双眼。

"天哪,你竟然醒了!"

亮光刺痛了李风,令他忍不住用手遮住眼睛。顺着指缝看去,一名护士正站在面前,惊讶地望着他。

"我……不是死了吗?小糖豆和苏彤怎么样了?"

"什么意思?你已经昏迷五年了啊!"

护士费了好大的力气才向李风解释明白,他根本不是什么科学家,也没有什么小糖豆跟苏彤。实际上李风已经在病床上躺了五年,其间一直处于植物人状态。

"难道那一切都是一场梦?小糖豆只是一个梦里的孩子?"

"没错,许多重新苏醒的植物人都会出现这种很逼真的梦。"

"那么说,那场对宇宙中百分之八十五暗物质的探索实验也只是一场梦?"

"咦?我怎么记得科学家说宇宙中的暗物质只有百分之十五呀?"

护士挠了挠头,一脸茫然……

TO SEE THE INVISIBLE MAN

by

Robert Silverberg

▽

看见隐形人

[美] 罗伯特·西尔弗伯格 著 / 谢宏超 译

罗伯特·西尔弗伯格，美国科幻作家、编辑，世界科幻巨匠之一，前SFWA(美国科幻与奇幻作家协会)主席，他曾多次获得雨果奖和星云奖，并在2004年被SFWA授予"大师奖"。西尔弗伯格还曾担任过世界科幻大会荣誉嘉宾。《看见隐形人》于1963年首次发表，并于1986年改编成剧集，出现在美国系列电视剧《迷离时空》第一季第十六集中。

Copyright © 1963 by Agberg, Inc.

他们认定我有罪，宣判我隐形，刑期一年，从公元2104年5月11日开始执行。在放我离开之前，他们要先把我带到法院大楼下面的一间黑屋子里，在我的额头做上标记。

两名政府雇佣的恶棍充当执法者，一人把我推到椅子上，另一人拿起印记。

"一点也不疼。"长着厚厚下巴的莽汉说道，接着猛地把印记戳在我的额头上，我顿时感到一阵凉意，但仅此而已。

"接下来干什么？"我问。

但没有人回答，他们转过身，一言不发地离开了房间。门仍然开着，我可以选择自由离开，或者留在这里等待腐烂。没有人愿意和我说话，或者多看我一眼，他们一眼便能瞧见我额头上的标志。我是隐形的。你必须明白，我说的"隐形"严格说来只是比喻。我仍然有坚实的肉体，人们"能够"看到我，但他们"不会"看我。

是不是很荒唐的惩罚？或许吧。但是，我被指控的罪名——冷漠罪也同样荒唐，因为我拒绝向我的同胞吐露心声。这是我第四次触犯，对此的惩罚是为期一年的隐形。控告已按例宣誓，审判如期举行，标志也按规定贴上了。

我成了隐形人。

我离开了，走进了这个温暖的世界。

午后，已进行过人工降雨。城市街道的水汽正在蒸发，空中花园弥漫着植物的气息。男人和女人各忙各的。我走在他们中间,但没人注意我。

和隐形人说话会受到隐形的惩罚,根据罪行的严重程度,判处隐形的期限从一个月到一年,甚至更长的时间,而罪行严重程度的判定要依情况而定。我很好奇大家是否会严格遵守这个规定。

我很快就发现了。

我走进一座电梯,电梯载着我螺旋上升到最近的空中花园。这里是第十一号——仙人掌花园,那些仙人掌扭曲怪异的造型很适合我的心境。我出现在停靠台上,接着走向售票柜台,准备购买代币。一个脸色苍白、眼神空洞的女人正坐在柜台后面。

我在柜台上放下一枚硬币,她流露出一种类似恐惧的神情,但很快就消失了。

"一张门票。"我说。

她没有回应。其他人在我后面排起了队。我重复了一遍我的话,那个女人无助地抬起头,盯着我的左后方。一只手从我后面伸出,放下了另一枚硬币。她接过这枚硬币,把代币递给了对方。那人把代币扔进投币口,然后走进了花园。

"给我一枚代币。"我的声音干脆利落。

此时,其他人正把我挤向一边,没有一句道歉的话。我开始意识到隐形意味着什么。他们对待我的方式就是仿佛真的无法看见我。

但这也有另外的好处。我绕到柜台后面,自己取了一枚代币,没有付钱。因为我是隐形的,所以没人能阻止我。我把代币塞进投币口,走进了花园。

然而,仙人掌让我觉得很无聊。我感到一种莫名的不适,不想再待下去了。在出去的路上,我的手指碰到了一根突出的刺,被扎出了血。至少,仙人掌还承认我的存在,但也只是让我出了点儿血而已。

我回到了公寓。我的书籍静候在书架上,但我此刻对它们没有兴趣。我伸开四肢躺在狭窄的床上,启动了情绪振奋器,以对抗困扰我的奇怪的疲倦感。我想到了自己隐形的遭遇。

我告诉自己,这不是一件艰难的事情。我从来没有太过依赖其他人。事实上,难道不是因为我对同胞冷酷无情才被判刑的吗?那么,我又能从他们身上获得什么呢?让他们无视我吧!

这样会很舒服。毕竟,我得到了一年的假期。隐形人不必工作。他们又如何工作?谁会去找一个看不见的医生看病,雇一名看不见的律师替他打官司,或者把文件交给一个看不见的文员去存档?当然,没有工作也就没有收入。不过,房东并不会向隐形人收取租金。隐形人可以不花分文,去他们想去的地方。我之前在空中花园的遭遇就是很好的例子。

我觉得隐形法规对社会来说是一个大笑话。他们判处我的顶多是一年的休息疗养,丝毫不可怕。我确信自己会享受这样的惩罚。

但实际上也有一些对我不利的地方。在隐身的第一个晚上，我去了城里最好的餐厅。我准备点最奢华的菜肴，点一顿价值一百币的大餐，然后等到付款时合理地失踪。

我胡思乱想着，却一直没有人安排我入座。我在入口处站了半个小时，餐厅经理一次次从我面前绕过，他显然对这种带客人入座的事情手到擒来。我恍然意识到，自己在这儿什么也得不到。没有服务员会帮我点单。

我可以走进厨房，想吃什么就拿什么，还可以给这家餐厅的工作添点儿乱。但我决定不这么做。社会有它的方式来保护自己免受那些隐形人的伤害。当然，可能不会有直接的惩罚，也没有刻意的防御。但是，当一位厨师声称自己把一壶滚烫的开水泼向墙壁时，并没有看到任何人挡道。谁又能反驳他的说辞呢？隐形就是视而不见，这是一把双刃剑。

我离开餐厅，在附近一家自动餐厅吃了饭，然后搭上一辆自动出租车回家。机器，像仙人掌一样，并不歧视我这样的人。不过，我意识到可能自己只能和这些东西凑合着过一年。

这晚，我睡得很不好。

我隐形的第二天，是进一步测试和发现的一天。

我在外面走了很久，小心翼翼地行走在人行道上。我听说过男孩们喜欢故意撞倒那些额头上有隐形标记的人。同样地，隐形人无权找他们索赔，他们也不会因此而受到惩罚。好在我暂时没有什么被蓄意针对的危险。

我走在街上，看着人群为我分开，就像显微切片机一样，在细胞之间划出道路。他们的行动都训练有素。正午时分，我看见了第一个隐形人同类。他是一个高个子的中年男人，壮实而威严，秃顶似的前额上带着惩罚的印记。他和我的目光只有短暂的交会，然后他便从我身旁走过了。一个隐形的人自然看不见另一个同类。

我对此没有什么想法，只是觉得有趣。我仍然在品味这种生活方式带来的新奇感。他人的一切轻视都不能伤害我。目前还不能。

这天晚些时候，我来到一间澡堂，在这里，女工们可以花少量硬币洗一次澡。我不怀好意地笑了笑，走上台阶。门口的服务员看到我，震惊的眼神一闪而过——这对我来说是一个小小的胜利——但是她不敢阻止我。

我走了进去。

一股浓郁的肥皂味和汗味扑面而来。我径直向里面走去。我走过衣帽间，那里挂着一排排灰色罩衫，我突然想到，自己可以把这些罩衫内的财物全部取走，但我没有那么做。正如那些设计出隐形制度的聪明人所想的那样：当偷窃变得太容易时，它就失去了意义。

我继续往前，走到澡堂里间。

那里有上百个正在洗澡的女人——妙龄的女子，疲惫的少妇，干瘪的老太婆。有些人脸红了，有几个人笑了，许多人背过身子。但是她们很小心，没有对我的出现表现出任何真实的反应。女监督员站在门口，谁知她会不会收到有人违规注意到隐形人存在的举报呢？

因此我堂而皇之地看着她们洗澡，看着五百对上下起伏的乳房，看着水花下闪闪发光的一堆赤裸裸的女性肉体。我的反应很复杂：对于畅通无阻地穿过这个秘密圣地，我有一种邪恶的成就感，但接着，另一种感觉慢慢涌上心头——是悲伤？无聊？还是厌恶？

我无法去分析，那种感觉就像一只湿冷的手掐住了我的喉咙。我很快便离开了。我的鼻孔好几个小时都沉浸在肥皂水的刺激之中。那晚，粉红色的肉体一直萦绕在我的梦里。

我独自在一家自动餐厅里吃饭，开始意识到这种惩罚带来的新鲜感已迅速消失。

第三个星期，我病倒了。一开始是高烧，接着出现腹痛、呕吐，以及其他严重的症状。到了午夜，我确信自己快要死了。腹部绞痛令我不堪忍受，当我拖着虚弱的身体来到卫生间，看到镜子里的自己表情扭曲，面色发青，满脸挂着豆大的汗珠。那隐形的标记在我苍白的前额上，就像一座灯塔般显眼。

我浑身瘫软，在瓷砖地上躺了许久，不断吸收着地上的凉气。我在想：如果是阑尾的问题怎么办？那个微不足道、荒唐可笑、已被淘汰的史前残余物？它是不是发炎了，快穿孔了？

我需要一位医生。

电话上满是灰尘。他们没有费心拔掉电话线，但是自从我被捕以来，没有给任何人打过电话，也没有人敢给我打电话——故意给隐形人打电话会受到隐形的惩罚。我的朋友们，就像他们以前一样，和我来往并不密切。

我抓起电话，拇指点开面板，它亮了起来，指南机器人问道："先生，您想要找谁？"

"医生。"我气喘吁吁地说。

"好的，先生。"多么枯燥乏味、扬扬自得的机器语音！它可以自由地跟我对话，因为没有办法判处一个机器人隐形！

屏幕亮起一道光，一个医生的声音传了出来："哪里不舒服？"

"肚子痛，也许是阑尾炎。"

"我们要请一个人来——"他说到一半，停了下来。因为我犯了一个错误——将我痛苦的脸扭了过去。他的眼睛正好撞见了我额头上的标志。屏幕闪了一下，变成一片黑暗，那速度就好像我伸出了一只患有麻风病的手让他亲吻一样。

"医生……"我呻吟道。

他已经不见了。我用手捂着脸。这也太过分了，我心中直叫屈。《希波克拉底誓词》[1]允许这样的事情发生吗？医生可以无视病人的求助吗？

不过，希波克拉底对隐形人的存在一无所知。医生不需要照顾一个看不见的人。对于整个社会来说，我根本就不存在。医生不能为不存在的个体诊断疾病。

我被抛下了，独自忍受着痛苦。这是隐身惩罚的其中一个不那么讨喜的方面。如果你愿意的话，你可以无限制地进入澡堂——但你同样会在床上无限制地痛苦挣扎。福祸相依，有利有弊。而如果碰巧遇到阑尾穿孔，那么，对于所有和你一样被判隐形的人来说，弊端都远远大过益处！

万幸的是，我的阑尾没有穿孔。我活了下来，尽管受了很大的惊吓。一个人可以在不与其他人类交谈的情况下生存一年，可以乘坐自动汽车旅行，也可以在自动餐厅用餐，但没有自动医生为其看病。这是我第一次真正感觉到这种惩罚超出了自己的容忍限度。囚犯在监狱里生病可以得到医生的诊治，我的罪行并没有严重到要坐牢的地步，但假如我生了病，却没有医生会给我治疗，这是不公平的。我诅咒发明这种惩罚方式的恶魔。我在这座拥有一千二百万人口的城市中，独自面对着每一个凄凉的黎明，就像鲁滨孙流落在他的孤岛上一样。

1.《希波克拉底誓词》，是两千多年前希波克拉底警诫人类的古希腊职业道德的圣典，是向医学界发出的行业道德倡议书，是医学生入学的第一课就要学习并正式宣誓的誓言。希波克拉底为古希腊医者，被誉为西方"医学之父"。

我该怎样描述自己的心态转变,以及我在过去几个月本该痛苦受罚时的逆风行驶?

有些时候,隐身是一种乐趣,一种愉悦,一种财富。在那些偏执妄想的时刻,我为自己不受约束大众的规则束缚而感到自豪。

我会偷东西。我走进小商店,拿走他们的收银所得,那个畏缩的商人不敢阻拦我,唯恐自己大声喊叫会让人知道他受到了我隐身的影响。要是我知道国家补偿了所有这类损失,可能就不会那么高兴了。但我还是会偷。

我会侵犯他人的隐私。澡堂对我已经不再有什么诱惑了,于是我闯入了其他的隐秘之地。我走进旅馆,沿着走廊漫步,随意地打开房门。大多数房间都是空的,有些则不然。

我像上帝一样观察着一切,我变得强大起来。我对社会的蔑视——这个最初导致我隐形的罪行——变得更加强烈。

下雨的时候,我站在空荡荡的街道上,对着四周闪闪发光的高耸建筑物严厉痛斥:"谁需要你?"我怒吼着,"我不需要!谁会对你有半分需要!"

我讥讽着,嘲笑着,痛斥着。这是一种精神错乱,我想是孤独造成的。我走进电影院——在那里,醉生梦死者瘫坐在按摩椅中,看着发光的三维影像入神——接着,我在过道中狂呼乱跳。没有人对我发牢骚,我额头上的荧光警告他们要压下对我的怨气，而他们确实没敢抱怨一句。

那是疯狂的时刻，是美好的时刻，是我在二十英尺高的地方，大步走过每个毛孔都对我散发着蔑视的蠢货们面前的时刻。那些时刻，我是精神错乱的——我坦白承认这一点。一个人如果几个月来一直处于被迫隐形的状态，那么他的心态就不可能保持平和。

这应该算是偏执吗？说是躁郁症可能更确切些。

时间的钟摆一刻不停，晃得人眼花缭乱。有些时候，我对周围那些没有隐形的傻瓜充满蔑视；而有些时候，孤立的感觉又实实在在地压在我身上。这两种感觉正好相互平衡。

我会漫步在没有尽头的街道上，穿过灯光闪烁的商场，凝视着高速公路上色彩鲜艳的带状残影。在街道上，甚至连一个乞丐也不会接近我。你知道吗？在我们这个辉煌的时代，也是有乞丐的。直到被宣判隐形后，我才知道这一点。当时我长途跋涉来到贫民窟，那里的灯火已渐渐稀少，一些满脸胡茬、跛脚前行的老人正在向路人乞讨零散硬币。

没有乞丐向我要硬币。有一次，一个盲人朝我走来。"看在上帝的分上，"他喘息着说，"帮我从眼睛库里买一双新的眼睛吧。"这是几个月来第一次有人和我直接说话。我开始伸手到袍子里拿钱，打算把身上的每一枚硬币都送给他以示感谢。这何乐而不为呢？反正我可以顺手牵羊得到更多。但在我把钱掏出来之前，一个如噩梦般的人拄着拐杖蹒跚着经过我们。我听到他低声说了一句"隐形人",接着他们两个就像受惊的螃蟹一样飞快地跑开了。我手里拿着钱,傻傻地站在原地。

连乞丐也对我避之不及。发明这种折磨方式的人,简直是恶魔!

因此,我又变得脆弱起来,我的傲慢逐渐消失。现在的我很孤独,谁还会指责我冷漠?我柔弱得像海绵一样,可怜巴巴地渴望一句话,一个微笑,一只紧握的手。

这是我隐形的第六个月。

我已经彻底厌恶它了。它带给我的快乐空洞乏味,带来的痛苦却无边无际。我不知道自己将如何度过剩下的六个月。相信我,在那些黑暗的日子里,自杀的念头始终徘徊在我的脑海。

终于,我犯了一个愚蠢的错误。在一次漫无尽头的行走中,我遇到了另一个隐形人。这是六个月以来,我见过的第三个或第四个同类的人。和以往遇到的人一样,我们的目光仅仅小心翼翼地相遇了片刻,然后他便把目光转向人行道上,避开我继续往前走。他是个身材单薄的年轻人,不到四十岁,有一头蓬乱的棕色头发和一张瘦削的面庞。他看起来很有学问,我不知道他究竟做了什么才受到这样的惩罚。我无法抑制内心的渴望,想追上他,想知道他的名字,想跟他说话,想拥抱他。

这一切都是法令所禁止的。任何人都不得与隐形人有任何接触,甚至这个人同是隐形人也不行,尤其不能让隐形人与同类互相接触。社会并不希望那些被遗弃者建立暗中的友谊关系。

这些规则我都知道。

但我依旧转身跟着他。

我跟在他后面走了三个街区,与他保持着二十到五十步的距离。安防机器人似乎无处不在,它们的扫描仪会很快检测到违规行为,我不敢轻举妄动。接着,他拐进一条小路,这条街道有五百年历史,灰蒙蒙的,满是尘土。他开始以隐形人特有的步态漫步。我来到他身后。

"求你了,"我轻声说,"这里没人会看见我们。我们可以聊聊。我的名字是——"

他转过身来,眼中充满了恐惧,脸色也变得苍白。他惊讶地看了我一会儿,然后冲向前,似乎要绕开我。

我阻止了他。

"等等,"我说,"不要害怕,求你——"

他从我身边冲过去的一瞬,我把手搭上他的肩膀,他挣脱了。

"就一个字。"我恳求道。

他一个字都没说,甚至连一个嘶哑的声音也没有发出,他避开我,沿着空荡荡的街道往前跑去,当他到达街角绕进另一条道时,远去的脚步从咔嗒声变成了模糊的幽咽声。我望着他逃跑的身影,一股强烈的孤独感涌上心头。

随之而来的是恐惧。他没有违反隐形法规,但我违反了。我看见了他。这会让我受到惩罚,也许是延长隐形的刑期。我焦急地环顾四周,但看不到任何安防机器人,一个也没有。

只有我独自一人。

我转过身,平静下来,继续沿着街道行走。我渐渐恢复了理智。我发现自己做了一件不可饶恕的蠢事。我的愚蠢行为不仅让自己陷入麻烦,更使我感到一种挫败:以那种恐慌的方式接近另一个隐形人——公开承认我的孤独,我的需求——不,这意味着我正在认输。我不该那么做。

我发现自己又一次出现在了仙人掌花园附近。我乘上电梯,从服务员那里拿了一枚代币,投币进入了公园。我搜寻了一会儿,发现一棵精心修剪过、形状扭曲、八英尺高的仙人掌——一棵长满刺的怪物。我把它从盆中猛拽出来,将那棱角分明的植物肢体大卸八块,让成百上千根刺扎满了我的手掌。人们假装没有在看。我扯掉手上的刺,手心不停地流血,我坐电梯下来,又一次在隐形中获得了超然物外的快感。

第八个月过去了,接着是第九个月,第十个月。四季也已快度过一个轮回。当春天悄然退去,温暖的夏天接踵而至;夏日过后,就迎来了秋高气爽的秋天;然后到了每半个月降一次雪的冬季,出于审美的需要,下雪还是被允许的。此时,冬天已经结束了。在公园里,树木冒出了绿色的新芽。控制天气的人把降雨量增加到每天三次。

我的刑期快要结束了。

在隐形的最后几个月里,我陷入了一种麻木状态。我的头脑,只能自顾自地盲目运转着,不再关心考虑自己的状况和周遭的变化。我一天天迷糊度日,如坠阴霾。我强迫自己阅读,但不加选择。今天读亚里士多德,明天读《圣经》,后天又读技工的手册。我什么也没记住,当我翻开新的一页时,它前一页的内容就从我的记忆中溜走了。

我再也不用费心去享受隐形那为数不多的好处:偷窥的刺激,做任何事几乎不必担心被惩罚的权利,以及由此带来的微弱快感。我之所以说"几乎不必",是因为《隐形法案》并不会否定出于人性的行为:当自己的妻子或孩子被隐形人骚扰,没有哪个男人不愿冒隐形的风险去保护他们;没有人会冷静地让一个隐形人戳瞎自己的眼睛;也没有人会容忍一个隐形人闯入自己的家中。正如我之前提到的,有很多方法可以在不承认隐形人存在的情况下处理这些侵犯行为。

尽管如此,隐形人还是有可能逃脱很多惩罚。但我拒绝尝试。陀思妥耶夫斯基的一本书中写道:"没有上帝,一切皆有可能。"我可以将这句话改一下:"对隐形人来说,一切皆有可能——而且是毫无趣味的。"事实的确如此。

疲惫的日子过去了。

一直到被释放,我都没有计算过时间。准确地说,我完全忘记了我的刑期即将结束。那天,我正在房间里读书,愁眉苦脸地一页页翻着,这时,门口的信号器响了起来。

它整整一年都没有响过,我几乎忘了这声音的含义。

但我还是打开了门。有人站在那里,是那些执法人员。他们默默地打破了我额头上刻着印记的封壳。

标志掉了下来,碎了一地。

"你好,公民。"他们对我说。

我严肃地点了点头:"是的,你们好。"

"2105年5月11日,你的刑期已结束,可以重新回到社会。你偿还了你的罪过。"

"谢谢,是的。"

"和我们一起喝一杯吧。"

"我还是不去了吧。"

"这是惯例,来吧。"

我和他们一起去了。我的前额现在赤裸地暴露在外,感觉很怪异,我扫了一眼镜子,看到原来印着标志的地方有一块白斑。他们带我去的是附近的一家酒吧,请我喝了合成的威士忌,味道很纯很浓烈。酒保还冲我咧嘴笑了笑。坐在我旁边的人拍了拍我的肩膀,问我明天的喷气机竞速赛支持谁。我毫无头绪,只能告诉他我不知道。

"你是认真的吗?我支持凯尔索。他的赔率是四比一,但是他有惊人的冲刺能力。"

"抱歉。"我说。

"他离开了一段时间。"一位政府官员轻声提醒道。

这种委婉的说法意思很明白。我的邻座扫了一眼我的额头，对着那块发白的地方点了点头。他也要请我喝一杯，我接受了，尽管第一杯酒已经让我有些微醺了。我又变回了一个真正的人，我可以被看见。

再说我也不敢傲慢地拒绝他，否则，我可能再次被认为触犯冷漠罪。如果我第五次触犯，那将意味着五年的隐身刑期。我学会了谦卑。

当然，回到被看见的状态有一个尴尬的过渡阶段。要和老朋友见面，要保持蹩脚的谈话，要重新开始整合几段破碎的关系。我在自己的城市里被放逐了一年，回来并不容易。

当然，没有人提及我隐形的这段时间。它被视为一种最好的回避痛处的方法。虚伪，我心道，但我还是接受了。毫无疑问，他们都是为了不伤害我的感情。有人会对一个做了换胃手术的胃癌病人说"我听说你刚才死里逃生"吗？当一个男人的年迈的父亲蹒跚地走向安乐死房间，有人会对他说"反正他都已经很虚弱了"吗？

不会。当然不会。

所以在我和他们的共同经历中有这样一个空洞，一片真空，一段空白。这使得我几乎没有什么话题可以和我的朋友们谈论，特别是因为我已经完全失去了谈话的技巧。重新适应的过程是艰难的。

但是我坚持下来了,因为我不再是获罪前那个傲慢、冷漠的人。我在最严酷的学校里学会了谦逊。

当然,我时不时会注意到街上的隐形人。我不可能忽视他们的存在。但是,由于我受过训练,会很快就把目光移开,仿佛我的眼神短暂触碰的是来自另一个世界的蹒跚而行、不断溃烂的恐怖存在。

不过,直到在解除隐形的第四个月,我从判决里学到了最后一个道理,才算领悟到真谛。

我当时在城市大厦附近,已经回到了曾经工作的市政府文件部门。那天下班,我正往地铁站走去,突然一只手从人群中伸出来,抓住了我的胳膊。

"求你了,"那个声音弱弱地说,"等一下,不要害怕。"

我抬头一看,吓了一跳。在我们这个城市,陌生人是不会相互搭讪的。

我看见了那个男人前额上闪闪发光的代表隐形人的标志。然后我认出了他——半年多以前,我在那条荒凉的街上搭讪过的瘦削男子。他变得很憔悴,神情绝望,棕色的头发夹杂着缕缕灰色。我第一次见他时,他肯定才刚开始刑期。现在,他的刑期应该快结束了。

他抓着我的胳膊。我颤抖着,这不是一条荒凉的街道,而是这个城市最拥挤的广场。我把手臂从他的手中抽离,准备转身离开。

"不,不要走,"他喊道,"你就不能可怜可怜我吗?你自己也经历过。"

我踉跄着走了一步,然后想起了曾经如何向他大声呼喊,如何恳求他不要拒绝我的场景。我想起了自己悲惨孤独的经历。

我又走远了一步。

"懦夫!"他在我身后尖叫,"跟我说话!我谅你不敢!跟我说话,懦夫!"

我再也受不了了。我的情绪被触动,眼泪突然间刺痛了双眼。我转向他,向他伸出一只手,然后抓住了他瘦弱的手腕。这一下的接触似乎令他激动不已。过了一会儿,我把他抱在怀里,想将痛苦从他的身体转移到自己身上。

安防机器人包围了我们。他被推到一边,而我被拘留了。他们会再次审判我——这次我犯的罪不是冷漠,而是温暖。也许他们会找到情有可原的理由,放了我;也许不会。

我不在乎。如果他们给我定罪,这一次,我会将隐形当成一面光荣的盾牌。

GOD, SEEN FROM THE INSIDE

by

Jean-Claude Dunyach

▽

上帝的云团

［法］让-克洛德·迪尼亚什 著 / 熊月剑 译

让-克洛德·迪尼亚什，法国科幻作家领军人物之一，目前已出版九部长篇小说和十部短篇集，代表作有《鲨鱼》《请在我入睡的时候守护我》《通往天堂之路》等，作品被翻译成英语、德语、俄语、意大利语等多种语言。1999年，他凭借作品《死星》获得法语原创幻想小说奖。

Copyright © 2012 Jean-Claude Dunyach

"上帝的长度是七亿公里，宽度和厚度是一亿四千万公里，重量大约是十六克。"

"上帝？"安娜·夏蒂拉勉强地笑了笑，"没想到你还挺幽默，艾琳。不过，幽默感对于天体物理学家来说可没什么用，还是留给理论物理学家吧。现在，从头开始跟我讲讲！"

我有点紧张地看着她，双手交叠在肚子上。我的孕肚已经有些明显了。夏蒂拉坐在办公室的黑板前，眼睛闪闪发光，似乎蕴藏着足以引爆超新星的能量，灰白相间的头发上覆盖着白色的粉笔灰。她喜欢用粉笔记下稍纵即逝的点子，正是这些点子为她赢得了终身教职。我很尊敬夏蒂拉，因为她收我成为博士后，但同时又很怕她。

"我在太阳系的中心发现了一团未知的电离粒子云，并测量了它的大小和重量。云团有一个潜在的能量网格，细微的相互作用几乎无法检测出来。另外，它还拥有无数变形的拓扑特性。我和麦克斯做出的其中一个假设是它正在扭曲黎曼空间。"

"那你是怎么知道重量是十六克的？"

作为回应，我耸了耸肩。天体物理学中并不存在这样的数值，因为它远低于可测量的阈值。然而，抓住让人心烦的细节正是夏蒂拉的行事作风。如果能用一个令人不快的微小事实摧毁一个完美的理论，那她会拥有一整天的好心情。

"我采用新的滤波算法，将卫星的观测参数推到了极限，甚至用光了自己的计算机时间使用额度。"我觉得没必要提及经过彻夜的讨论,麦克斯还把他的大部分使用额度给了我。讨论过后,我们甚至连拥抱的力气都没有了。"为了消除所有宇宙噪音,超级计算机持续不停地运算了整整两天。它绝对只有十六克,但十分巨大。我不知道它究竟是什么,不过它就在那里,而且我相信——"

"相信什么?"

"我相信……好吧,我几乎确定……它是有生命的。"

还好,夏蒂拉并没有请我离开她的办公室。作为一位目睹团队成员一本正经地发神经的研究主管,她没有流露出丝毫忧虑的神情,甚至没有拿怀孕说事儿。我们曾达成协议,只要我继续工作,她就不提这件事。夏蒂拉向后靠在椅背上,拿起显示器顶上吃了一半的苹果,狠狠地啃了一大口。她嚼得很大声,以至于让我觉得自己好像才是那个裂成两半的苹果。

夏蒂拉满足地咀嚼着,把剩下的苹果放了回去。然后,她严肃地看着我,下意识地拍掉了头发上的粉尘。

"有生命的,"她缓慢地重复着我刚才的话,"也许还有意识。考虑到你所推测出的体积,'上帝'确实是一个可以接受的名字,至少能够作为第一近似值。我从没想过自己有一天会说出这样的话,这种感觉就像是在问你'上帝存在函数的泰勒公式'一样。不,不用回答我。你还有什么数据能够证明这番胡言乱语是有意义的?"

"它存在……多层级的相互作用……"我结结巴巴地说，"而且能量张量完全——"夏蒂拉举起手打断了我的话。"如果你不相信，可以亲自看一眼数据。还有……"

"还有什么？"

"它正在离开。"

重新回到午后的阳光下时，我眨了眨眼睛，感觉自己仿佛刚从洞穴里钻出来似的。我感到一丝沮丧，还有点恶心。我在学校的药店里买了防妊娠纹霜，然后向餐厅走去。麦克斯点了一杯浓缩咖啡在等我，他的平板电脑连接着月球轨道上的射电望远镜的网络。

碰头之前，我随意地抓了抓头发，提前给他发了消息。麦克斯喜欢沉浸在工作中，讨厌被别人打扰，甚至包括我。因此，我编写了一个程序：当我需要麦克斯回到现实世界时，他的电脑屏幕一角就会闪现一只蓝色的帝王蝶，它的翅膀会扇动得越来越快。

我走到麦克斯面前，竖起了大拇指。他正在把耳机塞进衬衫口袋。

"夏蒂拉没有开除你。"他评价道。

"夏蒂拉允许我在开展其他工作的同时继续研究这个课题。我得在四天后向她汇报。照她的话来说，这几乎等同于颁了块奖章给我。"

"这几天它还会待在那儿吗?"

"这正是问题所在……"我在他对面坐下,看着那杯没有动过的咖啡,"你的网络连了多久了?"

"我才刚刚连上,之前只是在完成一些日常工作。怎么了?"

"我能喝一口你的浓缩咖啡吗?"

"这杯就是你的,我的已经喝完了。你发消息过来时,我另外点了一杯。对了,你得换掉那只蝴蝶,换成性感一点的图片。"

"比如网络上那些带有电脑病毒的虚拟脱衣舞者?"

"比如你的虚拟形象,只是穿得清凉一点。我知道哪里可以拍3D照片。这是你欠我的,为了我的计算机时间使用额度。"

"虚拟形象怎么比得上真人?"我笑着说,"不过,我们得抓紧时间,机会之窗即将关闭。"

"你在开玩笑吗?我在网上查过了,在怀孕第八个月之前还可以做爱。"

"你要说服的人不是我,亲爱的,而是夏蒂拉。"我小心地将嘴唇靠近杯子,喝了一口热咖啡,温度刚刚好。我的恶心稍微缓解了一些。"我必须在周五之前精确地估算出云团的移动速度,以便在研讨会上进行讨论。这意味着我需要收集海量的数据。"

麦克斯露出一个让我融化的笑容:"我在等你的时候运行了一个数据挖掘程序,我猜她肯定会问你数据的来源。云团转瞬即逝,看起来像是一个由奇点构成的微小网络,而每个奇点的质量都是零。我从中获得了灵感,于是编写了一个程序来进行测试。四个小时之后结果就会出来,这段时间足够让你对我表达感谢了!"

晚些时候,在我们狭小的学生公寓里,我在床上伸了伸懒腰,回味着与麦克斯共度的温柔时光。厨房里传来咖啡机的咕噜声。我在脖子下面多垫了一只枕头,把头抬高一些,擦掉了乳房之间渗出的汗水。我不信神,对我来说,性才是最接近神圣启示的东西。

麦克斯钻进被子,递给我一杯香甜的饮料。

"它在动。"我笑着对他说,喝了一大口热乎乎的咖啡。

"你是说宝宝吗?"

"当然。"我耸了耸肩,"我要成为一个高标准的母亲,坚持到最后一分钟才分娩。"

"我没意见。你想看看结果吗?"

"看起来怎么样?"

"像一团微粒。"

"没有明显的对称性?"

"没有……"他咬了咬嘴唇,"嗯,我会找晶体学家讨论一下,看看云团是不是在移动时改变了形状。要知道,我们没有足够的能力来计算所有数据。我们只是拍下照片而已。"

"所以,我们成了'上帝'的狗仔队。我能再添点咖啡吗?"

"十六克。该死的!我到现在都没想明白这是怎么算出来的。"

"真正的问题不在于'怎么',而在于'为什么'。你知道夏蒂拉在我离开之前说了什么吗?她说:'正是因为你笃定云团在那儿,所以才发现了它,不是吗?'"

星期六早上召开研讨会之前,我一直没睡过整觉。夏蒂拉向研究团队的其他成员暗示,我的一些假设可供大家在会上推翻。因此,每个人都计划出席。这意味着,十几位同事准备用无可辩驳的论据对我进行友好的抨击。上帝假说还很脆弱,远不如我肚子里的宝宝那样稳固,而且,就像宝宝一样,它开始在最不恰当的时候踢我。

麦克斯帮我准备好了幻灯片。虽然舍弃了许多出色的想法,但我有了初步的结果——一个在凌晨四点伴随性挫败和强烈的排尿冲动而产生的疯狂假设。星期五晚上,我们将这个假设编成程序时,它是成立的——就目前而言。

我走上讲台,臀部收紧,害怕即将面临的一连串问题。对于科学家而言,棍棒和石头远没有语言带来的伤害大。

麦克斯不在这里,因为他不是研究团队的成员。他不是理论家,而是一个观测者。以大学的"社会标准"来评判,我们这对夫妻有点剑走偏锋,结合在一起实属反常。我多希望麦克斯也在这里。

与其他人不同,我喜欢事实,尽管事实令人讨厌。毫无疑问,这正是夏蒂拉选择我的原因。她喜欢坐在第一排伸出双腿,在膝盖上放一袋苹果。她的眼睛紧盯着我。在开始放映幻灯片之前,我做了一个深呼吸。

我按照密度标度给神圣的云团上了色,以展示粒子之间的潜在关系。由于它们的距离太过遥远,测量相互作用的想法根本无法实现。因此,我不得不作弊,用沙子建造了一座"幽灵城堡"。不过,从视觉上来看,结果相当令人信服。云团看起来像一只巨大的变形虫,笼罩着太阳和内行星,地球周围的区域则更暗。它呈椭圆形向外延伸,缓慢地往外行星的方向移动着。根据我们的计算,它会在几个星期之后掠过海王星的上空。"所以,"我郑重其事地说,"云团几乎没有重量。它的密度极小,甚至可以认为它根本不存在。而且,它正按照自己的意愿在移动,就像一个只是想来看看这个世界的玻色-爱因斯坦凝聚[1]体。"

---

[1]. 玻色-爱因斯坦凝聚(Bose-Einstein condensate),玻色子原子在冷却到接近绝对零度所呈现出的一种气态的、超流性的物质状态。

我停下演讲，望着大家吓坏的表情。会议室过于安静了，几乎可以听到别针掉落的声音，甚至连夏蒂拉都停止了咀嚼。我感觉汗水越流越多，开始怀疑整件事只是因为自己怀孕而突发的急性症状，麦克斯则被我传染了。

"除了我们团队以外，还有谁观测到了云团？"

提问的是丹维尔，来自拉贾斯坦邦。两年前，他作为斋浦尔大学的交换生来到这里。没人看见丹维尔做过什么研究，但他却发表了很多篇论文，因为他用一种类似于性的方式穿透最微小的开口，将自己的名字插入了别人的论文中。麦克斯给他取了一个绰号，叫作"印度爱经"。

"我查阅了待刊论文的数据库，"夏蒂拉一字一句地说，"只有我们团队在研究它。更准确地说，在我发布新的通知之前，艾琳是唯一一位研究者。如果其他人在未经我同意的情况下擅自发布有关内容，我将保证此人会在学术上缓慢而痛苦地走向末路。"她狠狠地咬下一大块苹果，大声地咀嚼起来。我低下头偷笑，然后抬起头继续放映幻灯片。

"我们没有多少可用数据。"我解释道，"来自射电望远镜的数据只能以压缩格式保存十年，我全都查过了。当我第一次观测时，云团便已经存在。"我举起手示意台下保持安静，"当时，它并没有移动。我认为，云团存在的时间比我们想象的要长得多。"

"难道是你把它吓跑的？"一个声音从后排传来。

我耸了耸肩,忍不住笑了起来。麦克斯昨晚说过一模一样的话,他认为云团的离开是因为我们注意到了它。我越想越觉得这个观点愚不可及。

我继续演讲,在幻灯片的最后一页介绍了自己的初步假设。然而,我推翻了其中的大部分内容。

"问题在于,"我用激光笔照射幻灯片上的云团,"这团云实在太轻了。考虑到它的体积,即使密度再小,重量也应该按吨来计算。但我们已经进行过十几次测算,甚至使用了月球探测仪,最后还是得出了这样令人难以置信的结果——十六克。当然,云团本身才是最难以置信的。不过,就算是十六克,也是我们往高了估计出来的!除非……"为了制造效果,我故意顿了顿,但夏蒂拉的咆哮声让我很快回到演讲中。

"我和麦克斯重新做了测算,然后开始思考究竟观测到了什么,忽略了什么,测量到的究竟是什么,以及正在远离我们的又是什么。孤立粒子的寿命非常短暂,其质量和电磁特性成为存在概率函数的数值可能远小于一。因此,云团的理论重量可能非常大,但它的各组成部分并不同时存在。在任何时刻,只有几克的重量存在于我们的现实世界,其余部分则处于混沌状态,等待着出现的时机。这是一种转瞬即逝的物质,也许只存在纯量子态下的信息,就像亚量子海洋中的群岛一样。"

我的演讲立刻引起了大量提问,就好像我无意间在某个地方堆积了过多的核燃料。参加这场研讨会的有宇宙学家、粒子物理学家、高能专家和超弦理论专家,他们虽然持有关于宇宙的不同观点,但都有一个共识:我的发现并不符合他们提出的任何一个理论模型。

而且,每个人都坚信自己是对的。

"在这种情况下,不同区域的密度肯定有所不同。"有个人高声说。

我的内心颤抖起来。艾丽西亚的发言来势汹汹。接下来,我们要开始真刀真枪地辩论了。

"云团移动的时候如同一摊黏稠的液体,会沿着最大直径的轴线加速。我们从密度上看不出任何变化,除非在地球附近进行观测。"

"为什么?"

我跺了跺地板,"正是这颗星球阻碍了近距离观测。"

两三位与会者发出了会意的笑声。一年前,艾丽西亚出于好玩想要抢走我的男人,所以我讨厌她。不过,麦克斯声称自己完全没有注意到她——至少他是这么说的——我对此半信半疑。他肯定意识到有什么不对劲,但总是用"现在没时间谈这件事"来打掩护,语气就像不愿清洗堆满整个水槽的脏盘子时那样。不过,他最喜欢的区域远在一百万公里之外。也许艾丽西亚距离太近了,所以难以引起他的注意。

"艾丽西亚,说真的,我也希望能够回答你的问题,但我们对云团几乎一无所知。另外,它正在加速离开,所以我们不会有太多时间了解更多信息。我不想在现阶段做出任何假设。"

事实上,我撒谎了。我有一种无法证实的直觉,认为地球周围的云团密度更大。我学会了不去相信自己的直觉,而是不带感情地反复测试它,像铸剑一样将其边缘敲打锋利。但这一次,我的直觉挥之不去:云团是为我们而出现的。这一点我愿意发誓。因此,它的离开变得更有趣了。

一位宇宙学家举起一根手指,"没有接收到任何信号吗?"我摇了摇头。"氢光谱带中什么也没有吗?云团是否……是否想与我们联系?"

我甚至还没尝试回答,这个问题就自行消失了。

"我想到一个问题。"一位年轻的研究生说,"消除宇宙噪音的技术……可以用来测量其他物质吗?我正在尝试研究太阳喷射物的构成。这会对我的论文很有帮助!"

"按理说是可以的。"我缓缓地说,做了个深呼吸,"不过,我真的没什么时间。也许麦克斯会提供他的提取算法,如果你有多的计算机时间使用额度的话。要我帮你问问他吗?"

夏蒂拉将握着苹果核的手举过头顶,像旗子一样挥舞起来。讨论声戛然而止。

"孩子们,我们得结束讨论了!感谢你的演讲,艾琳,尽管你并没有说服任何人,尤其是我。不过,在这堆大杂烩中,你至少可以把关于信号处理和消除宇宙噪音的方法写成一篇不错的论文。希望你在十五天之内把初稿交给我。至于其他人，你们可以在下一次研讨会上改进研究论点，但所有内容都不允许外传，因为没必要让别人觉得我们很荒谬。听明白了吗？"她最后说，"艾琳，收拾好东西之后马上到我办公室来！"

大家起身离开会议室，椅子腿剐蹭着地板。没有人往台上看。我拔下投影仪的连接线，收起了平板电脑。艾丽西亚最后一个离开，走之前还不忘挤出一个假笑，但我装作没看到。尽管夏蒂拉没法儿容忍哪怕片刻的迟到，但我还是先去了一趟洗手间，并喷了点止汗剂。此时此刻，即使是我自己的体味也令人不悦。

夏蒂拉用一句语气糟糕的"关上门！"来欢迎我。她把手里的文稿推到一旁，然后抬起头盯着我，嘴唇紧闭。她的桌上放满了不同比例的云团彩色平面图。

"别摆出一副好像我要吃了你的样子，"她抱怨道，"感觉像是我要让你卷铺盖滚蛋似的，虽然有些人的确希望如此。不过，我还是会做做样子，在这次谈话结束时严厉地责骂你。到时候你记得把门打开，让走廊上的每个人都能听见。为了释放一点压力，也为了保住无情泼妇的光环，我会说些恶毒的话。"她耸了耸肩，"光环必须随时打磨，才能闪闪发光。"

在她看来，我的表情一定是一脸迷茫。夏蒂拉身体前倾，胳膊肘抵在桌子上，专横地指着唯一一把空着的椅子，灰白相间的头发挡住了她的脸。我尽可能忍住后退的冲动。

"你不会是想临阵脱逃吧?"她皱着眉头,短暂地沉浸在思绪中,"你的研究发现可能是我三十年职业生涯以来最具爆炸性的东西,但你却把它拿到台面上,展示给那帮为了成名会不择手段的白痴。你并不愚蠢,但很幼稚。我已经学会如何应对愚蠢,但幼稚属于能力缺陷。"

"难道不是……你让我……"我结结巴巴地说。

"我是让你提出话题,跟同事们一起仔细检验这个近乎疯狂的方案,不是让你在所有人面前挥舞完整结果,甚至展示最有意思的假设。如果我刚才表现出一丝兴趣,那你就等着十几个人在背后捅你一刀吧。你还没法儿应付这些,至少现在不行。"她把关于云团的文稿整理好,递给了我。

"拿走你的图片。等你离开五分钟之后,我会对外宣称你因为荷尔蒙失调产生不良反应,所以提出了这个假设。我会禁止你在我面前重新提起这件事。但在私底下,我要求你继续深入开展研究。现在说说最重要的问题,艾琳,你有没有尝试过联系这玩意儿?"

突然,一股疼痛从我的腹部放射到肾脏。宝宝选择在这个时刻提醒我它的存在。

"好吧。"看见我摇了摇头,夏蒂拉咕哝着说,"你从没想过这种可能性吗?"

又一阵痉挛让我的身体在椅子上扭动起来,我忍不住哭了出来。夏蒂拉耐心地等待着,直到这次发作过去。"理论上来说,如果能接收到信号,那也可以发送信号。通常你要做的只是反转电磁场,但考虑到云团的性质,我怀疑这种方法并不适用。你确定云团在加速移动吗?"

她从挂在白板附近的纸盒里抽出一张纸巾递给我。阳光透过百叶窗的缝隙照进来,细微的粉尘在光线中打着旋儿。

"我不确定,"我抽泣着说,"恐怕在我们进行新的尝试之前它就已经离开了。"

"你后悔吗?"她又向我靠近了一些,然后严肃地说,"如果你有哪怕一丝的遗憾,现在是时候说出来了,艾琳。我们很快将走上一条不归路。我宁愿相信你是无意间发现了这个东西。我接受你的上帝假说——我没在开玩笑。但不要尝试与它联系,甚至连想都别想,无论那是什么。最重要的是,不要再跟麦克斯谈论它。"

夏蒂拉的语气让我有些生气。她一定也注意到了我的表情,身体下意识地向后靠了一些。她从额前拨开一缕灰白的头发,浅色的眼睛坚定地看着我的双眼。

"老天啊,看看你。"她说,"我在你这个年纪可要坚强得多,但这还远远不够。如果不是我在研讨会上护着你,他们早把你生吞活剥了。你走吧,在走廊上待得久一点,好让我有足够的时间抛出一些精挑细选的恶言恶语。另外,艾琳……"

我站起身来,感到喉咙发紧。

"你认为如此巨大的云团可以感知到像你这么小的生物的存在吗?"

我本能地把手放在隆起的肚子上。

夏蒂拉叹了口气:"好吧,忘掉我刚才的问题。现在请你离开我的办公室。"

十分钟后,我离开教学楼,坐在校园的草坪上沐浴着午后的阳光。湛蓝的天空包裹着大地,给人一种封闭世界的幻觉。与此同时,云团正在抛下我们离开这里。我止不住颤抖起来,想要来一份新鲜的水果沙拉,配上香缇奶油和巧克力酱。

我将这个想法归咎于怀孕的缘故,然后冲进了餐厅。

"那个女人什么都说得出口。"麦克斯低声说,眼睛没有离开他的平板电脑。蓝色的帝王蝶还在屏幕一角扇动翅膀,就像眨眼一样。

餐厅的工作人员已经开始收拾桌子。我没看到水果沙拉,但找到了香缇奶油和巧克力酱。两种酱料混合在一起太甜了,完全黏在了勺子上。我从来没有如此渴望吃到这种东西。

我向麦克斯描述了研讨会上的情况,还提到了在夏蒂拉办公室发生的事。当我离开时,夏蒂拉并没有装腔作势地责骂我,只是砰的一声关上大门——干脆利落,给人致命一击。走廊上空无一人,但我确信其他人正躲在门后偷听。我将那些没用的图片抱在胸前,默默配合完成了这场表演。

不过，最让我害怕的是夏蒂拉眼中狂热的光芒，因为那是从我的眼神中反射出来的。

"我们无法与云团取得联系，"麦克斯的眼睛仍然盯着屏幕，"至少用月球轨道上的探测网络无法实现。为了搞清楚是否可行，我曾入侵过这个网络，但发现它无法传输信号。"

"你答应过我要停手的。"

"没错，但我用了一个虚拟账号。所以严格来说，入侵者不是我。"他带着满意的神情伸起了懒腰，"别担心，我只玩了五分钟，没有破坏任何东西。探测网络只配备了低级别的例行维护程序，以防传感器失去校准，甚至连安全系统都没有装。事实上……"

我透过屏幕的倒映看到他眯起眼睛，仿佛刚刚咬了一口柠檬似的。他扯了扯嘴角，喘了几口粗气。我知道这个表情是什么意思。哦，该死……

"事实上，我们可以做到，"我替他补充道，"而且你刚刚意识到应该怎么做。你真是个天才！要是夏蒂拉知道这件事的话，准会拿苹果砸我们。"

"传感器的例行维护程序。"他没听见我说话，自顾自地喃喃道，"他们会在校准阶段进行通信，以便传输信号。我得弄清楚波长，但这不是最重要的。"

"我有点儿想吐。"我打断他。

然后，我真的吐了。

麦克斯和我心照不宣地决定暂停这个话题。他用拖把草草地清理干净棕色的呕吐物之后，就带我回了家。虽然这种事情在餐厅里并不招人待见，但考虑到我的特殊情况，工作人员表示同情。我用自动饮水器的冰水彻底漱了口，但仍然没法儿去除那股令人作呕的味道。

在回家的路上，我突然开始哭泣。周围的世界呈现出一个新的维度，我不禁感到害怕。可是，我的妇科医生警告过我：即使怀孕是宇宙级别的意外，地球也不会因此停止转动。但我觉得，这一次的情况有所不同。

幸好，麦克斯使出浑身解数成功地哄我睡着了。

星期六是广告目录整理日。自从我怀孕后，广告商就开始疯狂地展开攻势。我整理出这一周收到的所有目录，在吃早餐的时候翻阅起来。宝宝需要的每件东西至少有十五种选择，可供挑选的颜色也有这么多。我已经开始装饰宝宝房和置办衣物，但还得为亲戚们提供礼物清单。

麦克斯正在摆弄他的平板电脑，寻找一些天马行空的信息来充实周末。按照他的说法，世界已经变得如此复杂，以至于逻辑和理智每周也需要休息一天，就像人一样。因此，他有时会寻找一些难以归类的新鲜玩意儿，然后大声地念给我听，嘴角还带着一抹微笑。这让我每次都想亲吻他。

"听听这一条：在皮肤下植入一个微型超声摄像头——所有大众品牌的平板电脑都能与之匹配。你可以使用通话软件向全家人展示新的家庭成员，甚至可以在肚脐周围装上麦克风，这样宝宝就可以听到环绕立体声。"

"你妈妈肯定会喜欢的。能给我一张纸巾吗？"

麦克斯像杂技演员一样，从一个位置灵活地跳到另一个位置。厨房里传来大蒜和烤面包的香味。我扫掉散落在目录上的面包屑，给肚皮涂上加了摩洛哥精油的防妊娠纹霜。

"无论如何，"麦克斯倒了一杯茶说，"如果你把消除宇宙噪音的技术运用在生物学中，那我们就可以得到宝宝的清晰超声图像，甚至可以看到面部表情，这样就能知道宝宝从什么时候开始长得像我们了。"

"你又在看《异形》了？"

我们同时笑了起来，默契十足。我和麦克斯的早餐谈话就像在一堆杂乱的想法中拉出同一根线的两端。

"我昨晚重启了模拟计算，"他直视着我的眼睛说，"因为我睡不着。"他装出一副尴尬的样子，"我在计算机的使用顺序上做了手脚，从而获得了足够的时间额度。我有些发现要告诉你。"

他把平板电脑靠在醋瓶上，屏幕转向我，然后将他的椅子拉到我旁边。越过他的肩膀，我可以看到散乱的床铺和卷起的被子。看来，我要吻别慵懒的早餐时光了。云团是当务之急。

"如果你能在云团离开之前和它对话,你想说些什么?"

我皱起眉头思考着这个问题。就在这时,模拟计算的窗口发出提示音。麦克斯调动了系里所有计算机处理器的空闲资源,所以云团的移动图像几乎是实时显示的。它加速了。虽然地球仍处于云团巨大的空间范围内,但不会持续太久。

"只会说一句'再见'。"我回答道。

"不说句'祝你好运'吗?"

"那么做毫无意义,它肯定有自己的信仰。"

麦克斯点了点头。

"你确定没有遗憾了?"我不由得想起了夏蒂拉,内心战栗起来。"传感器在校准阶段只能用预定义的内容更换数据包。我们无法与云团真正对话,只能改变传感器传输信号的强度。"

我们看着彼此,不约而同地产生了一个想法。也许他比我早一点想到,但我宁愿相信我们是同时做出的反应,就像两个人没必要计较谁先到达高潮一样。

"我们可以大声喊出……"他开了个头。

"……希望它能听到。"我补充道。

整个星期六的下午,我都待在自己最爱的观测者的臂弯里。云团激发了我们心中极其疯狂的神学概念,我和麦克斯开始天马行空地思考起来。

像往常一样，麦克斯先开了口："云团是被释放到银河系中的神圣精子，等待找到合适大小的卵子，比如地球。"

"但它正在离开我们。"我说。

"没错，但这并不表示受精没有发生。事实上，它按照自己的形象塑造了我们——内部中空，几乎无法被探测到，在不明缘由的情况下被迫移动。"

"一开始，我们都是变形虫。"我稍微调整了一下躺在床上的姿势。宝宝正在挤压我的膀胱。我体内另一个加速的心跳叠加在我自己的心跳上。

"那是你自己。我的祖先绝对是高贵的黑猩猩。"

"你觉得云团是要回家吗？"

"当你有七亿公里长时，哪里都是家。"

我们轻声笑了起来。

"你想让夏蒂拉知道我们的计划吗？"

我其实考虑过这个问题。老实说，我们要做的事情对于这个世界而言没有任何意义。这只是我的个人想法，而我自己完全有权做出决定。我想成为最后挥别云团的人，毕竟，是我第一个发现了它。

我摇摇头，伸了个懒腰，然后挪动双腿笨拙地下了床。我光着身子走向厨房，心里清楚麦克斯的眼睛正盯着我的臀部。

"我提议明晚到对面的山坡上去野餐，我们可以和它说声再见。不出意外的话，明天应该是个晴天。"

"那就在午夜之前吧。"他一边回答,一边忙着操作平板电脑,"或者午夜之后。"他的指甲点在屏幕上,发出断断续续的敲击声,听起来就像一场暴风雨。"我想知道当云团消失之后,星座是否还有意义。"

星期天晚上,我们决定开始认真地准备工作。在云团完全离开之前,我们还有整整一天的时间——如果它的加速度保持不变的话。云团离开的具体时间并不确定,因为它没有精准的边界(我们居然在寻找上帝的边界……),而且,以它的密度也不一定能被看见。

我们默契地分工合作。麦克斯负责编程,修补了一个维护脚本。按照他的说法,这算不上什么挑战。传感器的探测网络是大家共享的宝贵工具,我们并不想破坏它。我的任务是把有关云团的所有数据和研究假设整合到一个巨大的压缩文件中,备份到我们的研究网络上。一旦云团离开,观测将会变得非常困难。我甚至不知道保存这些数据到底有没有意义。

我给备份文件设置了一个定时锁。四十八小时后,所有内容都将公开。我做了个深呼吸,下达了指令,然后蜷缩在残留着余温的被子里。

半夜醒来时,我的膀胱被挤压得很难受。投影时钟将时间打在白色的天花板上,发光的数字不断滑动,好像正在逃离一样。再次进入梦乡之前,我盯着它看了很长时间。

星期一早上,我给夏蒂拉发了一条请假信息,告诉她我有些恶心反胃——并不完全是假话——所以不去实验室了。事实上,我花了几个小时撰写论文,描述观测数据的滤波算法。为了寻找有关"上帝"的关键信息,我们仔细翻找"垃圾桶",搜寻着边边角角的废料。

幸运的是,云团刚好在这个时候准备离开。

麦克斯还蜷缩在被子里睡觉,身边的平板电脑一直发出嗡嗡声。看来,他一定是清晨起来重新运行测试,然后睡了个回笼觉。屏幕上,一个窗口时不时地弹出来,显示着漆黑的宇宙或者沐浴在灰色光线下的月球背面。我感觉自己好像在观察麦克斯的梦境。

屏幕的右下角,虚拟蝴蝶回到了茧的状态。

我换上腹部还算宽松的新背带裤,开车去了一趟商场。我逛了很多家店铺,但试穿的每件衣服都不太合适。在商场里,我发现了一间3D照相亭,于是决定更新一下顾客卡上的三围数据。我的胸围几乎没有变大,真是令人沮丧。不过,我的臀部呈现出独特的优美曲线。当测量激光扫过裸露的皮肤时,我想起了还会再包裹地球几个小时的云团。如果我是被特别选中的那个人,云团的一小部分是否正在与我的肉体融合,我的宝宝是否能感受到它无形的关爱?

新的三围数据显示在镜面屏幕上,更新的信息被标记成红色。是时候订购新的内衣了。

于是，接下来的一个小时就花在这上面。

回家之前，我买了一只便携式保温箱，里面装满各种水果口味的冰激凌——有些我和麦克斯很喜欢吃，有些我们没吃过。麦克斯呼叫了我，但没有留言。看来他睡醒了，而且一切正常。我又买了一些能让他的眼睛从平板电脑上移开的东西——是时候展示我的战利品了。

就在这时，夏蒂拉打来电话。她连拨两次后失去耐心，在语音信箱里留了言："你知道自己在做什么吗?!"她的声音十分洪亮，震动着我的太阳穴。"马上给我回电话，艾琳！看在你的信仰的份儿上，好好想想吧！"

我把保温箱和新买的内衣放在后座上，然后开车走慢车道回了家。午后的天空中，飞机留下了一条条白色的尾迹。我的手指紧张地敲击着方向盘。一定是麦克斯在编写传感器的网络程序时不够小心，所以被夏蒂拉发现了。我们俩完蛋了。

"不可能被人发现！"当我重播夏蒂拉的留言时，麦克斯愤怒地说，"新的脚本已经加载到系统内存中，所有痕迹也都删除了。她只是在虚张声势。"

"这不像她的风格。"

"被人发现入侵也不像我的风格。"他生气地做了个鬼脸，把手机递给我，"给她打个电话怎么样？"

夏蒂拉在铃声第二次响起时接通了电话,嘴里还在咀嚼苹果。她和我寒暄时,我听到有人拿起文件离开了办公室,中间还夹杂着吞咽东西的声音。然后,门咔嗒一声关上了。

"我检查了你的备份文件,然后把它删除了。"她清了清嗓子,"我得提醒你,我必须对研究网络上的存储内容负责任。在你毁掉自己成就一番事业的最佳机会之前,我们得好好谈谈——主要是我说,你听着就行。你只被允许回答'好的,老板',还得在合适的时候。"

麦克斯也在倾听我们的对话。听到纰漏不出在他那里,麦克斯伸出大拇指表示胜利。

"这就是你打电话给我的原因吗?"我说了句蠢话。

"难道你觉得我是在关心你的孕吐吗?老实说,艾琳,我真的开始担心你了。麦克斯就在旁边吧?"我和麦克斯对视一眼,有点吓到了。"让他今天晚上带你去餐厅吃饭。直到明天早晨之前你都别想太多。明早八点半在我的办公室见!"

她随即挂断电话,没有给我反应的时间。我把手机递给麦克斯,钻进他的怀里。他紧紧地搂住了我。

"亲爱的,"我对他耳语道,"云团马上就要离开了。我觉得我们根本不知道该拿它怎么办。"

"我们还要继续吗?你确定?"

"是的,我确定。"宝宝开始极力表现自己的存在。我紧张地颤抖起来,麦克斯则熟练地抚摸着我的后背,让我平静下来。"而且你跟我一样想要继续下去。"

晚上十点,我们开车远离高速公路喧嚣的车流,来到山顶的停车场。这儿只有我们两个人。那些周末前来野餐的人把垃圾丢在闪耀着金属光泽的容器里。我看着脚下的城市,密集的人造星光竭尽全力地闪烁着,各式各样的信息传递着同一句话:

看看我。我是存在的。

我从后备厢取出毯子披在身上,以免被松针扎伤,然后和麦克斯手牵着手前往我们最爱的空地。装有冰激凌的罐子轻轻地晃动着,在保温箱里叮当作响。每只罐子里都插着一根彩色塑料勺,看起来就像灯塔一样。我捡起一块树脂包裹的树皮,但又不知道能做什么,只好把它放回原处。在我们周围,树木形成的屏障越来越密集,直到出现一片灌木丛。我们在荒地中间停下脚步——这是一片人工修整过的空地——面向天空。

一阵风吹过,夹杂着松树的气味和城市的气息。两个星期以来,我第一次感到放松。我松开背带裤的带子,抬头望向天空。银河在头顶上空流动。我看到一颗流星划过,但没来得及许愿。

我们把平板电脑留在了公寓。模拟计算仍在运行,但我们知道不会再收到任何新的消息了。麦克斯摊开毯子蹲了下来,将保温箱放在双膝之间。午夜将是一个令人痛苦的离别时刻,在此之前的两个小时里，我们准备品尝所有口味的冰激凌。

麦克斯脱下外套把我包裹起来。我们亲吻着，尝试混合不同口味的冰激凌。我们谈论着即将要一起做的事情、还未完成的论文，以及已经严重扰乱生活的宝宝。我们还提到了夏蒂拉，明天的会面可能不会如她所愿。

"是时候了。"麦克斯低声说。

他扶我站了起来，我们开始大声倒数。数到零时，我们没有停下来，仍然继续喊了好几分钟。接着，我们朝天空挥动手臂，不管会不会被看到。与此同时，月球轨道上的传感器短暂地发出了十秒脉冲。这便是我们的告别。最后，我和麦克斯躺倒在地大笑起来，直到喘不上气。

星座照常闪耀着，正如我们几千年前创造它们时那样。但云已经消失了。

一群蝙蝠受到惊扰飞了出来，使得天空短暂地变暗了。我擦去喜极而泣的泪水，目光一路追随着蝙蝠。麦克斯环抱住我，把头埋在我的肩上。我抱紧他，闭上了眼睛。

"现在只剩下我们了。我的公主，你冷不冷？"

"一直就只有我们。"我抚摸着隆起的腹部说。

THE VANISHING NÉVÉ
by

Guo Kexin

▽

冰原将尽

郭可心

郭可心，00后新锐作者，自中学时起创作科幻，但因为手写原因从未投稿，累计近百万字。喜好cult元素、古典乐与蒸汽朋克，能将脑海中闪现的念头捕捉并加工杂糅成风格化的故事，同时对故事的严谨性多少有些洁癖，所以难以开头，但只要开头基本上一气呵成。喜好黄金时代的科幻作品，目前正在心潮澎湃地进行作品补完计划。

本文为《银河边缘》中文版专发篇目。

我俯卧在避人眼目的山坡上,前方冰面上的一切都清楚地展现在我面前。此刻,所有事情都已安排妥当:身下的积雪早就被我清理得恰到好处,既不会影响我的视线,也不会把我拱起引人注意。今日的劳动份额我已经完成,住处也按时地燃起了热炉,我敢说,即使我此刻立即消失掉,这座冰冷的钢铁之城也不会有任何一个人发现什么异常——至少今晚如此。

寒风呼啸着卷起雪尘与细小的冰粒,不断扑打在我的面罩上,发出毕毕剥剥的声响。我用眼角余光瞥了眼夕阳,今天是难得的好天气,在大战争后,这样明亮温暖的傍晚越来越少了,而此刻仅有的热量来源——那颗正在向着天边沉下去的红色恒星告诉我,我期盼已久的那一刻就要到了。

我并不感到激动或害怕,虽然我清楚地知道,与敌人的战争走向很可能会因此改变。但当几分钟后,那个人走上冰面举行仪式时,我还是会毫不犹豫地按下手中的按钮,他或许将葬身鲸口,或许被淹死,或许被开裂的冰层挤压而死,这对于我来说没有区别,战争对我也无关紧要,这座苟延残喘的小小城市并没有什么值得我留念。

我只想要他死。

在寒风中,我的右手已经渐渐失去了知觉,我有些后悔早早摘下右手手套,或许当初就应该让他们把启动开关做大一些。略微思索后,我决定将扔在一旁的手套重新戴好,然后将它接入防寒服的供热循环,一阵酥酥麻麻的热胀感在右手上逐渐蔓延开,接着我将左手的手套摘下。方才勉强焐热的开关虽然只放在地上一小会儿,但已经重新变得冷如坚冰,我用左手狠狠地握住,它冰冷的躯体贪婪地汲取着我的热量,令我感到疼痛,那些屈辱和隐忍此刻无法抑制地涌入我的脑海,我的双眼紧盯着那片注定载入史册的冰面,脑海中却呈现着另一幅画面:

他们二人穿着绿色的笔挺军装,套着马裤,黑色长筒靴擦得发亮,胸前的纽扣上装饰着纹路,那似乎是某种带有特殊意义的标志。我一眼就知道他们是长期待在室内的人,不说这身愚蠢的制服上面有多少金属饰品,单他们看不出冻疮疤的手和脸就已经出卖了他们的身份。但也许是注意到了我的视线,其中一人别扭地转过头去,另一位则开口正色道:

"首先,我们对您的母亲感到抱歉,请节哀。"

"你在说什么?我的母亲可还——没死!"我立刻反驳道,走调的尾音显得底气不足。

"我理解您的心情,但规定就是规定,有限的资源必须分配给有用的人,对于已经无力回天的病人我们只能放弃。稍后就会有人来带走她,我们希望您能配合,您的母亲是城市的英雄,她的壮举我们全都记得,请相信我,她会有一个好归宿的。"

"你是说你们会将她下葬?"我忍着绝望问道。

"不,我们脚下的冰面与冻土实在坚硬无比,我们不会用宝贵的能量做这种事。"

"那么,你们会将她火化吗?"

"您知道这不可能,单独火化是对资源的极度浪费,而放进城市暖炉中当作燃料又杂质过多,到时很可能会影响供暖的稳定性,所以,我们不会将她火化。"

"那你们打算怎么做?"

沉默一会后,那个刚刚别过头去的人说道:"统领已经决定开辟一片新的墓园专门安葬为集体而光荣牺牲的人,您的母亲将会是第一位安葬者。"

"安葬?但你们明明说不会开挖冰面!"

"是的,我们……"那人面露难色,但还是继续说了下去,"我们不会开挖冰面,但您知道,雪是会将尸体逐渐掩埋起来的,请您放心,墓园的位置离散居者的领地很远,温度也足够低,您母亲的遗体在那里会很安宁。"

我有种冲动,想一拳打在他们的脸上,我想打翻那顶丑陋的大盖帽,然后再撕开那张臭嘴,我想看他们的鲜血凝固成暗红色的冰,伸出的手掌冻成紫色,然后被暴风雪永远掩埋在冰原上。

但我什么也没有做。

"请原谅,这是我们能够争取到的最优的补偿了,"他们将铅笔塞进我手里,"对于您母亲的身份来说,这已经很难得了。您看,二百加仑的优质鲸油,半扇白猪,一百五十斤荞麦粉,都只冻了不到半年。还有两套军供的防寒服,每一套都带备用维修件,加上您日常防护用的局部加热片与保养膏,都在这儿,只要您签字同意……"他俯下身子指出签字的位置,我看到他鬓角上细软的毛发在眼前飘动,他离我是如此之近——我有勇气将铅笔插进他的眼窝吗?

快啊,别让我看不起你!刚才的义愤填膺去哪儿了?

"你们愿意给出这么多的补偿,难道就不能用这些物资去帮帮我的母亲吗?有这些东西她还能活很久。"我倔强地说道。

"不,为了公平,我们不允许存在这种特例。但私下的补偿还是可以的,在上次敌人的突袭中,您的母亲不顾已经暴露的堆芯,在城市中心热站坚持等到了增援,是她的壮举令我们的城市幸免于难,在这寒天雪地中,我们每个人的血还能热腾腾地流动,都得益于她。"

"难道即使如此……"

"抱歉,即使如此,她也不能例外。"

"是谁制定了这种法律?"我突然问道,这问题的大胆程度令我自己都吃了一惊。

他们显然也有些惊讶,在下意识地四下张望一番后,其中一人说道:"应该是统领制定的吧,本条是写在宪法里的……您最好还是少提这种问题,这毕竟对您不好。"

"统领……"

"我劝您还是尽快签字吧,我们的时间有限,您越早完成程序,那些物资就能越早送到您手上。顺便提一句,"他故作神秘地凑近我的耳边,"听说敌人挖出来了些新武器,是大战争时期留下来的,所以您明白吧?尽早享乐,我们可能都命不久矣了。"

"你怎么敢说这种话?"他突然的"不正统"令我有些割裂感,另一个人此刻正在点香烟,听到我的话,他向我耸耸肩,"人尽皆知的秘密罢了。"

"那这新武器是什么?"我追问道。

"天知道。"

"是氢弹吗?"

"那时候造的氢弹早都过了保存年限了,再说,那也不算是新武器。"

"那是什么?"

"抱歉,我们也不知道。"他望着天花板,"也许此刻我们就已经被那武器瞄准了呢?这谁也说不准。所以您看……"

"好吧,好吧……不用说了。"我最终签下了字。

寒风中的左手已经失去了它最初的热量,正在逐渐地丧失着知觉。我微微松开启动开关,让血液可以顺利流通,但白色的痕迹还是在我的手上久久不能消退,就像是盘踞在我内心的怯懦。

我从没勇敢地做过任何事，也从没真正地反抗过什么，即使表面上有强硬的态度，内心还是无比的懦弱，就像是蜗牛的眼柄，虽然平日高高伸出，但只要轻轻触碰就会迅速缩回，这就是我的内心，怯懦，愚蠢，又沉迷于虚荣。

但这一切到此为止了，我已经受够了，循规蹈矩从没给我带来什么好处，相反，几乎我生活中所有的苦难都来源于它。看着他们将我母亲推走时的背影，我就已经下了决心，要做一件真正大胆的事，一件真正由我自己的勇敢所促成的壮举，我会证明的，我并不总是那样的懦弱。

远处传来有轨列车停靠的声响，伴随着蒸汽机释放压力的汽笛声，确凿无疑地传来了我期待的信息。我静静地俯卧着，在心里盘算那群人要多久才能走到我预计的位置。为了给这座新的鲸油厂剪彩，他们会站在用来捕鲸的位置上，进行一些无趣又奢侈的仪式，这里面也许有着什么古老的传统，我并不是太清楚，我只知道统领就在这群人中，那个夺去我母亲生命、也夺去了我人生的统领。

我从未忘记——因为政策突然变动，我在十二岁时没能进入二级学府，而是成了一名鲸油厂预备工。那天也是个傍晚，领完额定配给回到家后，只见母亲消沉地坐在火炉旁，父亲则用力捏住我的肩膀，嘴里喷出劣质酒精的味道，他看着我的脸许久，什么也没说出来。我害怕这种僵硬的气氛，害怕和平时完全不同的父亲。肩膀和帽子上的积雪融化了，缓缓地滴下，夕阳的光透过三层玻璃照进房间里，显得那样无力——那是我第一次真切地体会到统领的存在，之前，他只是存在于教科书和大人们口中的某个符号，那天过后，他变成了害我去"腥味工厂"的坏人。

但我的师傅，那位有着黝黑脸庞的鲸油工人却和我意见不同，他说："总得有人进工厂吧？不是你进，就是别人，统领凭什么对你偏心？看开点吧，鲸油厂也不错。"

但我并不买账，一个十二岁的孩子又懂什么呢？我愤愤地踢着深红色的油桶，听着那空洞的声响。

"该死的统领，要不是……"

他连忙捂住我的嘴："隔墙有耳！以后不要说这样的话，明白吗？"他的表情很严肃，但我只闻到了他手上的鱼腥味，那味道令我作呕。

十四岁的时候，他第一次带我去看捕鲸，我不知道大战争之前的人们是如何捕鲸鱼的，不过，似乎他们并不需要鲸鱼来做能源，所以也不必在这件事上大费周章。但鲸鱼对我们很重要，天蒙蒙亮时，我们就已经穿好防寒服，来到了预定的冰面上。但令我大失所望的是，冰面上空空如也，我向师傅问道：

"这里什么也没有啊？我们怎么捕鲸？"

"有用的东西在冰面下。"他指指前方的一片空地，"还记得鲸鱼们是怎么呼吸到空气的吗？"

"记得。"我说道，然后开始背诵，"鲸鱼是高度社会化的生物，每个鲸鱼群由五到二十头鲸鱼组成，但也曾观察到超过三十头的超大型鲸鱼群……"

"别说这些废话。"

"嗯……每个鲸鱼群会产生一只头鲸，比起普通成员，它们的体型更加庞大，肌肉也更发达，头骨上方的组织硬化程度极高，形成头鲸特有的钝撞角，这使得他们拥有破开冰面的能力，我们要捕捉的就是头鲸。在接收到游弋鲸发来的信号后，头鲸就会率领鲸群前往游弋鲸选好的位置，这里一般都是冰面最薄弱的地方，准备好的头鲸一般会在两次撞击之内破开冰面，极少有超过三次的情况。而冰面被破开后，鲸群的成员就会轮流上浮换气，一次换气可以维持二到四个月……"

"所以我们怎么利用这一点捕鲸呢？说重点，如果这是考试，你已经不合格了。"

"我们……我们事先把冰面变薄，这一步有很多种方法，然后我们放置声波诱饵以模仿游弋鲸的信号，头鲸到达后，仍会以原本的力道撞击薄弱点，但这次它会发现冰面几乎没有阻力，剩余的巨大动能会托着头鲸的身体跃出冰面。头鲸的撞击都有一定的角度，因此在飞出它们自己撞碎的冰洞后，无一例外地都会搁浅在冰面上，极寒几乎会立刻杀死它们，而鲸群在换气结束后就会不知去向。失去了头鲸的鲸群会在体内的氧气消耗过半后解散，每个个体都会成为新的游弋鲸，在冰面的薄弱点处呼唤另一个鲸群的到来。"

"说得不错,所以你就应该知道,捕鲸唯一需要的设备就是声波诱饵,只要挖好陷阱,我们就只需要等待。"

"那我们要等多久呢?"

"诱饵很有效,依我的经验,开启诱饵后的第一批鲸一般会在十分钟时出现——不过偶尔也会变化,我们可以根据这个数据算出鲸群的密度,以预测今年的鲸油产量,这一点也要记住。"

"嗯,记住了,那么诱饵已经开启多久了呢?"

"已经开启了……等等,嘘!能听到吗?"

若有若无的水流声在我耳边萦绕,伴随着轻柔的震动,冰面上的人们都兴奋了起来,然后几乎是一瞬间,伴随着冰面破开的巨响,一股白腾腾的水柱在冰面上爆起,头鲸那黑色强健的巨大身躯在水柱中优雅地跃出,然后重重地摔在冰面上,我感到脚下的地面都在不住地震动,就像是被安上了一颗垂死的心脏。头鲸在挣扎着,它有一部分尾巴还泡在水中,那些被它溅起的水花在空中变成了小冰晶,不断散落在我们身上,我急忙用手护住头。这时,头鲸的黑色身体已经结起了一层霜,变成了白色,人们大胆地凑近那具安静的庞大尸体,我也跟了过去,在尸体旁边的冰洞中,我第一次看到未凝固的海水,乌黑凛冽。这时,鲸群已经离去了,有许多不知名的动物和各种小鱼正挤在这个新鲜的换气孔里,水面热闹得就像是沸腾了一般,围观的人们兴高采烈地扔下捕网,我和工人们则摩挲着头鲸粗糙的额头和下颚，想象它曾经多少次撞在坚冰上，又多少次带着同族呼吸到宝贵的空气。

"它是美的。"师傅望着它的眼睛说道，那上面早已结满了冰。

我则凝视着那个新鲜的冰洞，那时尚年幼的我无法估量具体的冰层厚度，但向下凝视时，那由身处高处带来的恐惧是确凿无疑的。参差的冰层是白色，在最下方那些暴露的海水与其中的生命是黑色，站在边缘凝视，就如同看着白色大地中即将喷发的黑色火山口一般，一个问题此刻突然涌入我的脑海。

"师傅，难道就没有头鲸能在中计后逃脱吗？毕竟它们是如此强大，如此……"

"我明白你的意思。"他回答道，"答案是，没有。"

"一次也没有过？"

"一次也没有过。"

"但是……"

"如果你一定要怀疑的话——"他说着掏出小刀，用力地划着黑色的厚实鲸皮，"传说有人曾捕到一只奇怪的头鲸，撞碎冰面后，它照常搁浅在冰面上，但并没有立刻死去——随后发生的事情有很多种版本，有人说，它发出了唱歌般的声音，有人说它那时开始发光，甚至有说法是它立刻变成了身穿黑衣的少女，但无论怎样，那座城市随后就毁灭了。"

"城市……毁灭了？为什么？"

"没人知道为什么。"

"那座城市,叫什么?"

"好了,你问得够多了。"师傅说道,我这时才发现他的手在微微颤抖,而沟壑纵横的脸颊上,赫然添了两道被冻结的泪痕。"没人知道为什么…就像我们永远不知道为何鲸鱼会几百年就进化成这个样子,也难以想象为何冰雪会覆盖整个地球……咳,咳,小家伙,站到一边去,我们要起钩了!"

新鲸油厂陈尸间的隔热门打开了,一群小小的黑色身影簇拥着一个身穿蓝色隔热服的人缓缓走出。那蓝色的布料是他的喜好,我很清楚这点,由于距离太远,我无法看清更多的细节,但这也足够了,身穿蓝衣的人,统领,我们战争的车轴,我的仇人,即将走进我为他准备的圈套。在那片预定的冰层下,静静地放置着一枚声波诱饵,我会算准时机开启它,多年的经验告诉我那片冰面已经足够脆,当他和那些官员进行无聊的仪式的时候,头鲸会撞碎他们脚下的冰层,他们大概率会落水,而防寒服在水中毫无作用,他们会迅速死去。多年的捕鲸生涯已经让我看了太多同样的场景。

我所用的声波诱饵并不是在库房偷来的——那样会留下不必要的尾巴——我是在黑市中买来的。那是在城市中心热站的承重柱下方的一处隐蔽空间。热站的热量会使冻土融化,所以热站的地基必须建在深入冻土层的承重柱上,百余年的运转后，中心热站下方的承重柱间就慢慢溶出了这样一片区域，有好事者在外部开了个同样隐蔽的入口，那里就变成了不受监控的交易天堂。

得益于头顶上的中心热站，黑市温暖而潮湿，就像是某种巨物的腹腔一般，我在入口附近换下防寒服，只留几件贴身衣物，慢慢向前方的光亮走去。虽说这里的温度对于海货来说可能有些过高，但这里还是莫名地成了各类海货交易的聚集地，或许人们是在怀念那腥臭黏腻的感觉吧。当然，这些只是明面上的事，而且也确实有人抱着单纯的目的来这里，但如果你知道些什么——这里的内容就会丰富得多了。

我走到一处摊位前，那里的深色木台上摆放钓挂着某种巨大的深红色软体动物，几只修长的条状物连接在硕大的火箭状身躯下，它身体两侧探照灯一般无神的大眼令人不禁心生恐惧。从腐败的程度来看，这里的腥臭味至少有它们贡献的一半。

"伙计，看看乌贼吗？"摊主问道，脸上带着和善的笑容。"虽然可能有些不新鲜了，但这东西可不是每天都能看到……喔，您是捕鲸工人吧？我一看就知道，这样的话，您肯定见过头鲸身上那奇怪的伤痕，对，那就是这些乌贼干的，虽然我这只还没那种水准，但只要再长个几百天，保准能和北海的头鲸打个来回……您说什么？"

我小声地重复了一遍暗语。

摊主脸上的笑容没有变化，不如说他没有任何情绪上的反应。他接着说道："原来您不是为了这些来的啊——那么请随我来吧。"我们绕过木桌向市场的深处走去，我看到立刻有人接替了摊主的位置。而他则一边给我带路，一边以恰到好处的声音向我介绍着：

"从防寒服核心到盐，从鲸油厂熬煮后的劣质油渣到大战争时期的历史照片——我们的业务还是很全面的，即使手头上没有，只要您开口……"他顿了一下，我感到他的目光似乎在我身上扫了个来回，"并且价钱给足，除了敌人手上的新武器，我们都能给您搞来。"

"你们怎么都在说新武器的事情？"我好奇地发问道，那是我当天第三次听到有人提起它。

"前一阵，我们在距城市不到四十公里的冰层中发现了一处前大战争时期的遗迹，似乎是某种潜艇的残骸。冰川运动没有将它撕碎，所以内部保存十分完整，我们在里面拆出来不少好东西，还发现了某种奇怪的武器——那物件不可能是别的什么东西——但敌人很快发现了我们，按理来说，那处遗迹离他们更近，他们肯定把那武器运回去了。"说到这里，摊主下意识地搓了搓手，"敌人拆掉了我们的防寒服核心，然后将我们赶了出去——他们是想看我们冻死在冰原上。但我们没让他们如愿。听说大战争之前有种叫壁虎的生物，遇到危险会舍弃尾巴用来逃命，您看，"他说着摘下了右手上的脏布手套，一只做工精细的机械手出现在我面前,"这就是我的壁虎尾巴。"

"真是只好手。"我由衷地感叹道。

"呵呵,听您这么说感觉还蛮奇怪的,毕竟这只是无可奈何的替代品……如果您也需要,我们这里还有存货,不过只剩下左手了。"

"我不需要这个。"

"那您需要什么呢?"店主微笑着问道。

"声波诱饵。"

"那您的运气不错,我们在那艘潜艇上找到了大战争时期的军用声波诱饵。"

我们弯着腰走进位于这巨大空间中央的某个杂物间内,周围摆满了尚未解冻的海货,不过没什么气味。由于远离人群,这里昏暗异常,摊主点起了一盏鲸油灯。

"您请稍等。"他说着,在一堆看不出用途的物品中翻找起来,很快,一个熟悉的但又稍有些不同的圆筒状物体出现了。

"大战争时期的声波诱饵。"他说道。

"你要卖多少钱?"

"很巧,这东西就是我从那艘潜艇中带回来的,为此,您也知道,我失去了大半只手臂,而我的老友们有两个再也没能回来。"

"你的意思是?"

"恐怕——"摊主脸上依然挂着微笑,他狡黠地眨了眨眼,"您要小小地破费一下了。"

我毫不迟疑地按下了按钮。

什么都没有发生,这很正常,声波诱饵发出的频率并不在人耳的接收范围内。

此刻,倒计时的发条已经上好,接下来只需要等待……我清理了一下面前的浮雪,好让视野更开阔一些。想到即将发生的事情,我不由得伸展了一下略有些僵硬的身体,胸中心潮澎湃,难以抑制。

太阳几乎已经完全西沉了,广袤荒凉的冰原浸泡在温暖的橙黄色光芒中,似乎也显得没有那样冷峻了。有些时候你不得不佩服他们挑选吉日的能力——几乎所有的傍晚都是灰黑昏暗的,除了少数日子。

像今天一样的日子。

统领的姿态此刻已经可以看清了,这还是我第一次亲眼看到他,穿着蓝色防寒服的他似乎有些疲惫了,走路显得有些拖沓,仔细看,他的身材不算高大,背也有些佝偻,如果没有蓝衣,人群中间的他几乎不起眼到了极点,这令我一时间有些惊讶——这就是我仇恨已久的男人吗?这个畏畏缩缩、似乎谁都能对他呼来喝去的男人,就是令我夜不能寐的仇敌吗?

我突然像是被浇了一盆冷水一般,理性的话语在我心中源源不断地涌出,那是我长久以来试图无视的话语——统领只是按规定办事而已。

他对所有人都是公平的,从未想过加害于我。

但那仇恨是如此真实……

突然的巨响打断了我的思考,就如同我在捕鲸厂千百次看到的场景一样,巨大的水柱在我面前的冰面上爆开,无数碎片夹杂着迅速固化的海水向四周飞溅着,如同纯白色的烟花一般,片刻之后,头鲸黑色的身躯在水与冰中显现出来,然后重重地砸在冰面上,我激动地伸长了脖子在一片混乱中寻找着——没有蓝衣的身影。毫无疑问,统领站的位置在最中心,他是最先被这一切吞噬的人,在万顷巨力与极寒构成的牢笼中,脆弱的他根本无处可逃,我的计划忠实且完美地实现了……只除了一点。

那在无数次想象中支撑我、鞭策我前进的解脱感并没有出现。

是因为在脑海中复演太多次了吗?还是说这一切发生得太快,我还没来得及仔细品味?我有些惊讶地盯着自己的手掌,但这近在咫尺的实在物体并没有缓解我的不稳定感,反而让它加剧了,这时,我听到身后猛地爆发出潮水般的巨响,那是炮弹出膛的声音。突如其来的火光带着尾迹飞向城市,我呆呆地看着那流星一般的光点,没有惨叫,只有爆炸与建筑物坍塌的声音远远传来,很快,雪与烟尘覆盖了视线,我只能看到那爆炸的朦胧火光,在城市的方向不停闪动着,如同某种奇怪的指示灯。

"做得不错啊。"

我吃惊地看向声音的来源,他就站在我身边,身上穿着我从没见过的防寒服,正在用望远镜观察着城市的方向。而他的胸前挎着一柄黑色的长枪,在夕阳的余晖下显得格外昏暗。

"你是……敌人吗?"我吃力地问道。

"我是。"他说着放下望远镜,但并未看向我,"不止我,在这道山坡后面,还有后面的后面,我们都是你们的敌人——说真的,你做得不赖。"

"你在说什么?!"我突然大吼道,似乎这样就可以增加我的勇气。

他俯下身子,用右臂揽住我的肩膀,然后指向前方鲸鱼的身体。

"那里,那不是你做的吗?"

我难以置信地扭头看着他,他则哈哈大笑起来,"你还蛮可爱的,像是做坏事被拆穿后的小孩子一样,不过,这倒是也符合我的预期。"

"别说得像你多了解我一样。"我恨恨地说道。

"我就是很了解你,甚至比你自己还要了解。"他笑了,"比方说,为什么你如此恨你们的统领,为什么这次你一反常态的勇敢,为什么在完成这一切之后,你却没有哪怕一点成就感,你知道吗?试试看告诉我答案?"

"因为统领……"我几乎下意识地要开口,但却被他打断了。

"你还真是忠诚啊。"他举起左手向我示意,在那手中不知何时出现了一个复杂的控制器,他似乎关掉了什么东西。"那现在呢?"

没有任何声响,世界仿佛在一瞬间被抽成真空,太阳缓缓地向地平线落下,点点火光在城市中闪动,像萤火虫。

我努力地回忆着,那些既定的事实并未改变,却再也找不到一丝仇恨的踪迹,我的心静如止水。

"你夺走了我的仇恨?"我问道。

"我收回了你的仇恨。"他回答道,"注意你的用词,难道你以为这仇恨是你自己的吗?不,不,你才没有那种气概——别反驳我的话,我了解你胜过我自己——这仇恨是我们给你的,通过那艘潜艇中的武器,"他说着指了指身后,我看到一辆被改装的载具静静地停在那里,顶上有着天线状的东西。"那是武器信号的中继站,这些天来一直隐藏在附近的冰雪中,真正的武器本身还在我们的城市……不要用这样的目光看着我,操纵人心是自古延续的传统,我们的新武器只是将它的过程简化了而已,而且效果确实还不错,你按照我们的意愿杀死了统领,不是吗?我们两座城市之间的战争能持续这么久,你们的统领功不可没,无论是战术还是治国,他都配得上伟人的称号,他就是你们战车的车轴,只要除掉他,你们瞬间就会土崩瓦解。"

我绝望地看着他,还能说什么呢?毋庸置疑的事实证明他所言非虚,而这就意味着我已经彻彻底底、从头到脚地失败了。

"你知道大战争和之前的战争,最大的不同是什么吗?"他愉快地问道,但似乎没想让我回答,"那就是有了它,这控制人心的武器。当人的各种情绪化作可调的参数时,理智就不再能够占据上风,战争很容易就演变成极端的群体狂热,你知道吗?在大战争中,几乎所有主要参战国都使用了这种武器,它的电波曾经覆盖在整个星球上。"

"但你们……又把它挖了出来。"

"是的,我们又把它挖了出来,而这是对的。"他笑着拉了一下枪栓,"你知道吗?出发之前,我向上级提出了申请,留你一命,而他们同意了。一会儿就会有士兵来接你,你会作为英雄在我们的城市中过上富足的生活,当然,"他晃了晃手中的武器控制器,防寒面罩下的嘴角似乎带着笑意,"或许还会带着那么一点点的悔恨,谁知道呢?请你就保持这样趴着的姿势吧,在原地等待就好了。"

说完,他起身向前走去,在那里已经集结起了一小支队伍,似乎正在等他。那些人都穿着和他相似的防寒服,黑压压的。而在我的身后,数量可怕的军队正在集结着,不断有队伍在我的余光里经过,向前方的城市大步前进。

"这世界已经残破不堪了！"我向他的背影大喊道。

"所以呢？"他没有回头。

"所以，如果你们再次打开潘多拉魔盒，这一切会变成什么样子？如果你们用这武器再次引发战争，这残破的世界还能承受吗？难道你们不觉得我们的种族已经走到了灭绝的边缘吗？"

"也许，但我们并不关心。"他依然没有回头，但停住了脚步，"即使是丑陋的巨大爬虫[1]也曾经在地球上生活了一亿七千万年。而人类的公元世纪到今天才仅仅两千两百年，或许比这还少一些，我们的种族如果就此灭绝，那我只能说它本就不应该存在。"

"人类的天敌只有人类，对吗？"

"是的，只有……"

他的话停住了。

在前方的冰面上，那只被捕获的、我以为早已死去的鲸鱼正傲然昂起它那巨大的头颅与尾鳍，身上白色的薄霜扑簌簌地掉落，露出它原本的黑色身体，我看到它皮肤下强健的肌肉在规律地律动着，而随后发生的一切——并没有歌唱般的声音，也没有发光的身体，更没有什么身穿黑衣的少女出现。仅就在场的人们而言，几乎没有人在这诡异的场面中意识到那件事的

---

1. 指恐龙。

发生。

我下意识地在冰面上缓缓站起,在我的身后,那持续不断的炮击声似乎沉寂了下来,突然的反差令场面显得格外寂静。冰原上,士兵们疑惑地彼此看着对方,又看向远方冒着火光与浓烟的城市——那是此刻冰原上唯一的光源。没有人再大步前进,他们三五成群地呆立在原地,就像是白色海洋中的黑色小岛。

"我想,那头鲸鱼做了什么。"他说道。就像他出现时一样,他已经悄无声息地来到了我的身侧。"你感觉冷吗?"

"我不冷。"

"你会感觉冷的,我们的防寒服都坏掉了。"他说着敲敲我手臂上的控制面板,我注意到那面板上的数字不知何时已经消失了。

"这是怎么回事?"我问道,但他并未立刻回答我的问题,而是不断摆弄着他肩头的对讲器。

"不出我所料,"他对我笑着摆摆手,"这东西也坏掉了。"

"所以到底发生了什么?"

"是EMP——也就是电磁脉冲。"

"你是说,这是鲸鱼做的?"

"很惊讶吗?其实这样一来,很多事情就可以解释了。但首先,请接受我诚挚的道歉,因为我想,你是对的。"

"比起说鲸鱼发出了电磁脉冲,这句话更让我惊讶。"我瞪着他说。

他随意地将什么东西扔进了雪中,然后拍拍我的肩膀,指向我身后,"你看那辆被改装的载具,也就是武器信号的中继站,它已经被完全毁坏了,你知道这意味着什么吗?"

"意味着……此刻,这里没有任何人再被那武器控制。"

"是的。"他越过我的肩头看向远方,我猜想那是他所在城市的方向。"不过用控制不太准确,我倾向于将它的功能描述为影响。不,这不重要,重要的是我想通了一件事——难道我们真的丧失人性了吗?你知道,今天的地球人口没有准确的数字,但肯定不会超过一百万,这一百万中,几乎有一半的人生活在重辐射区,也就是在那一系列的爆心投影点周围,那里靠近大战争的中心,因而也就相对更加富足。而我们所在的净区辐射数值也在逐年上升,以目前残存的科技水平根本无法抵御这种灾难。而即使辐射的威胁并不存在,我们也只是勉强在这里生活下去,食物与热量短缺,文化几近荒废,而生产力干脆倒退回了十九世纪。我们的处境甚至不允许奢侈地使用民主——城市们不约而同地选择了集权。"

说到这里,他长出了一口气,就像是某件担忧已久的事情终于尘埃落定一般。

"而即使人类的处境已经如此艰难,前路已经如此黑暗,我们还是毫不犹豫地启动了那机器——这几乎等同于开启了新一轮的战争——并且无比坚信自己行为的正确性,难道我们真的丧失人性了吗？现在我知道答案了。就在刚刚，那只鲸鱼的电磁脉冲毁坏了武器的信号中继器，也就终止了武器的所有功能。在那一刻，我突然看清我们正走在一条怎样的毁灭之路上，这路的尽头是一片冰冷的死地，当最后一声无力的呜咽消散后，那世界将永远地陷入沉寂。但万幸，我们只走出了第一步。我想，在那控心武器的设计中肯定有这样的隐藏指令——一旦运行这武器，甚至只需要将这武器链接到能源上，它就会立刻释放出设计好的战争信号，就这样，它悄悄地在一瞬间将身边的所有人转化为狂热的好战分子，为了战争的胜利不择手段。无论当年是谁做出了这样的设计，他都应该下地狱！而且，就像人无法看到自己脸上的污垢一样，那些陷入战争狂热的人根本无法依靠自己的力量发现自己的异常。而至于这群人之后会再怎么使用这武器，那就是他们的事情了，但这之中有一件事毋庸置疑——在被完全消灭之前，他们绝不会停止。"

我不禁打了个寒战，防寒服中积蓄的热量还未完全消散，但我却感觉体内都已经结了冰。如果真如他所说，那么，刚才发生的事情或许就是人类历史的转折点。我这才意识到自己都做了些什么，以及这些事情的意义究竟有多重大。我感激地看向那只鲸鱼所在的方位，却发现那里已经空无一物，只在冰面上留下了巨大的搁浅痕迹，和那逐渐凝结的冰洞组合在一起，像一个巨大的惊叹号。

"长官,我们收到了未知来源的信号!"一名士兵碎步奔跑到我们面前,他手里提着一个黑色的盒子,我听到了模糊的电子人声从中传出。

"这不可能,所有的电子设备都损毁了才对。"他有些惊讶地说道。

"不,在电磁脉冲面前,这东西比你们的任何精密设备都要皮实得多。"我说道,"我认得这东西,这是晶体管收音机,在几百年前生产过很多,但这台显然没么古老。"

他看向那名士兵,后者说道:"是总参通信部的长官让我们带着的,但没说有什么用。"

"看来,"他又看看我,"他们知道可能发生这样的事情,他们是怎么知道的?难道那武器还能告诉他们这些信息吗?真是耐人寻味。"

"嘘。"我示意他安静,然后接过那晶体管收音机开始调试。这时,冰原上已经入夜,迷茫的士兵们逐渐围了过来。城市中的火焰已经渐渐熄灭了,一切归于沉寂。这果真如他之前说的一样,失去了统领的我们群龙无首,根本无法组织有效的反击,或许我的城市会在不安与恐惧中度过今夜吧,但跟刚才发生的事情比起来,这一切代价都微不足道了。

士兵们在我们身边围起了人墙,他们的眼神不再迷茫,取而代之的是坚定与坦然。我感到稍微温暖了一些,于是蹲下专心调试,那台晶体管收音机随着我手指的动作间歇性地爆发出一阵阵刺耳的杂音，其中夹杂着些许人声。

"呼叫……如有可能立刻报告……"

"……我的储备不多了……"

"……呼叫……情况……敌……"

"……我只希望……说不准……"

"……去往b3区域……已经在路上……"

"这好像有两个信号源。"一名士兵插嘴道。

"……我的鲸鱼……结局……"

"……增援……请即刻遣送人员……重复……"

我逐渐将信号稳定了下来，一个强硬的声音开始喋喋不休。

"……报告我军战损情况，就地在敌南部a16区域结营，等待增援，未建立有效双向通讯前，请勿擅自组织进攻，收到通讯后请即刻遣送人员去往……"

"调回去，调回去。"蹲在我身边的他厌恶地说道，"听听另一个信号。"

凭借刚才的手感，我轻巧地将旋钮调到了另一个频段，一个平静而富有力量的声音传了出来。

"……我再重复一遍，c10站点的物资储备已经不多了，煤油还剩下四五升的样子，而食物几乎消耗殆尽，我已经超过两天没有进食，再这样下去……"

这声音停了一会，似乎在啜泣。

"……你们知道今天是什么日子吗？2121年10月29日，我的二十一岁生日，真是巧合，不是吗？我清楚战争的局势，现在已经顾不上我这样一个小小的训鲸人了，自从上个月我收到那条例行通报后，总部就再也没有消息了，你们还活着吗？我的同胞们？你们是在某处奋战坚守着，还是已经在上亿度的高温中化作了一缕青烟？这我永远不得而知，但无所谓，我想我的生命不会比你们长太多的。"

话语再次停止了，取而代之的是翻动纸张的声音。四周的士兵们屏息凝神地聆听着，我听到人群中有人悄声感叹道："这是七十多年前的录音啊……"

"啊，找到了，我和我的鲸鱼的作战记录，"那声音轻松地说道，"我看看……共利用电磁脉冲摧毁站点……35个，这样算下来，我大概解放了十几万人的思维吧，希望他们不会被那机器重新俘获，变回战争的傀儡。

"但说到战争的傀儡……是我们将鲸鱼们拉进了战争之中，为了我们的目的对它们肆意改造，待战争结束后它们将何去何从呢？我想，它们大概永远也变不回从前的样子了，但这样也好，我的鲸鱼或许能活到一百岁，比我们都要长寿。

"被远处的人类操纵着，用你的身体去发射电磁脉冲，想必很不舒服吧？对不起，但是我们必须这样做，只有这样才能将人类从战争的泥沼中拉出来，不过似乎……我们失败了。"

讲述者几不可闻地轻叹了一口气。

"这段话是说给可能听到的朋友的……我会利用鲸鱼身上的发射器将这段录音重复播放,如果你们收到了,就请来c10站点救救我,如果距离我发出信息的时间已经过去了太久……希望有人能帮我收尸,这么冷的天气,我应该不会腐烂得太快才对——但我想应该没有人会再听到了,站点外边雪又下大了,现在观察窗外白茫茫一片,我什么也看不清,而风声尖厉到让人无法忍受……

"我已经关掉了鲸鱼脑的控制器,并将它设置为了自律型,享受你应得的自由吧,我的鲸鱼,但如果你在某天听到了那熟悉的呼唤,也请不要忘了你的使命。最后,再加上一点我个人的小小愿望吧,我希望你能替我看到这场疯狂战争的结局,我的鲸鱼,看看我们所做的一切工作,究竟有没有意义。"

"请你放心,你的工作有意义。"他抚摸着收音机喃喃地说道,眼眶已经逐渐湿润。

"好了,我要说的就是这些,未来的听众们,嗯……我也不知道你们是否存在。我们可能要说再见啦,现在,我必须趁着体力尚存去外边寻找食物,我不敢等到明天,我怕到时会再也站不起来。哦,忘记说了,我的名字是……"

无线电的干扰声终于盖过了人声,一阵猛烈的杂音过后,再也没有任何有意义的语句从扬声器中传出,那响亮而恒定的白噪音在冰原上孤独播放着,就像是对永恒的另一种展示。我伸手关掉了收音机。

"那只老鲸鱼游远了。"有人说道。

冰原之上,一片寂寥,群星缓缓地睁开了眼。

(本文为第十届光年奖获奖作品)

原创小说征稿启事

长期有效

《银河边缘》编辑部

《银河边缘》系列丛书是由东西方科幻人联手打造的科幻文库，致力于展示国内外优秀的科幻小说。与此同时，我们每年将推选六篇中文原创作品翻译并发表在美国版《银河边缘》（GALAXY'S EDGE）杂志上。

在此，我们向国内广大原创科幻作者约稿——

我们以"惊奇、畅快"为原则，着力呈现中外科幻名家及新人作者的短篇、中篇佳作，展示更具野心的科幻作品，呼唤长篇时代的到来。

欢迎加入《银河边缘》QQ写作群 → **581159618**

| 投稿邮箱 | tougao@8light-minutes.com
sf-tougao@newstarpress.com
| 邮件格式 | 作品名称+作者名
| 字　　数 | 不限【1.2万字以内的短篇佳作将有优先翻译发表的机会】
| 稿　　费 | 150～200元/千字，优稿优酬
| 审稿周期 | 初审15个工作日回复（长篇除外）

| 审稿标准 |

· 想象力：这是科幻小说的核心与灵魂，也是审稿的首要标准。
· 代入感：作者通过剧情、人物等元素，使小说易读，令读者沉浸其中。
· 剧情逻辑：在人物动机、事件逻辑上没有明显漏洞，不会让读者"跳戏"。
· 辨识度：鼓励创作认真观察时代、真诚表达自我的中国科幻故事。

| 注意事项 |

· 务必保证投稿作品为本人原创，从未发表于任何平台。
· 切忌一稿多投。
· 小说请以附件的形式发送邮箱，注意排版，合理分段。
· 请在邮件末尾提供个人联系方式，如真名、QQ、手机等。
· 咨询电话：028-87306350

图书在版编目（CIP）数据

时空弹幕 / 杨枫主编. ——北京：新星出版社，2022.9
（银河边缘）
ISBN 978-7-5133-5013-6

Ⅰ.①时… Ⅱ.①杨… Ⅲ.①幻想小说-小说集-世界-现代 Ⅳ.①I14

中国版本图书馆 CIP 数据核字（2022）第 149094 号

银河边缘
时空弹幕

杨　枫 主编

责任编辑：	施　然
监　　制：	黄　艳
责任印制：	李珊珊
装帧设计：	冷暖儿　张广学

出版发行：	新星出版社
出 版 人：	马汝军
社　　址：	北京市西城区车公庄大街丙 3 号楼　100044
网　　址：	www.newstarpress.com
电　　话：	010-88310888
传　　真：	010-65270449
法律顾问：	北京市岳成律师事务所

读者服务：	010-88310811　service@newstarpress.com
邮购地址：	北京市西城区车公庄大街丙 3 号楼　100044

印　　刷：	北京美图印务有限公司
开　　本：	787mm×1092mm　　1/32
印　　张：	7.5
字　　数：	143 千字
版　　次：	2022 年 9 月第一版　　2022 年 9 月第一次印刷
书　　号：	ISBN 978-7-5133-5013-6
定　　价：	48.00 元

版权专有，侵权必究；如有质量问题，请与印刷厂联系更换。